펭귄과의 사랑

박래빗

시인의 말

시 말고 나를 설명할 수 있는 것은 무엇일까

또 어떤 것이 있을까

생각이 깊어지면 더 깊은 곳으로

달려가기 일쑤였던 푸르고 푸른 날들

그러나 나와 시 사이에 전극이 번진다

나는 3인칭 관점에서

내 시를 볼 수 있을 거라 믿었다

내가 본 세계를 모두가 볼 수 있을 거라고 여겼다

이런 생각이 이런 시가 나를 이곳까지 이끌고 왔다

나의 이 대담한 웃음의 장치는

태어나기 전부터 설계한 조감도일 것이다

봄의 사계절의 어느 곳으로부터

2023년 2월

박래빗

펭귄과의 사랑

차례

1부 다 틀킨 봄

2부 모래가 될 때까지

3부 대답은 고양이의 몫입니다

4부 쿠키가 되어 보자

해설

1부

다 들킨 봄

그대의 앉은 자리에 내가 앉아 있고

나는 앉아서 그대를 생각하네 그대 생각을 하는 내
가 앉아 있고 그대는 없지만 그대 없는 이 자리에 그대
가 있다는 생각의 자리가 있네 원두는 물방울을 타고
칙칙 날아오르고 그대 앉은 얼룩진 의자에는 쏟아진 그
대의 안경들이 듬뿍 있네 우리 또 운명같이 만나면 이번
에는 그냥 또 스쳐 갈 것인지 둘 중 누군가가 먼저 목소
리를 낼지 여러 생각 말고 여러 의자 말고 그저 조용히
앉아서 생각을 하는 우리가 있네 어쩌면 처음부터 둘이
었는데 둘을 알지 못하고 또 지나치기만 한 시간이 있었
네 그 의자는 알고 앉아 있을 것이고 앉아 생각을 짓고
있을 것이라네 서로에게 쌓인 날들이 원두처럼 볶아지
고 있을 때처럼 헤어짐이 결코 헤어짐이 아니라는 것을
원두의 껍질이 닳아지지 않는 것같이 아무런 이별도 아
닌 또 만나고 의자처럼 본 세계를

미학

음. 모름의 시. 그래. 그 시. 시 같은 것들은 잊고 살아야지, 라며 편지에 시를 넣어서 기차 창가 자리에 붙이고 왔다. 집으로 오는 길에 천국 김밥으로 가서 단무지를 썰고 배추김치를 입에 발랐다. 나무에 달린 달이 흘리는 눈물도 안 본 척을 하며 혈관이 톡, 톡――― 하며 흑색 감정의 입김을 내뿜으며 걸었다. 구두의 굽이 발바닥에서 왔다 갔다, 를 즐겨 할 때쯤 집에 도착했다. 자정이 넘긴 시각. 가족들은 모두 어딜 갔는지 보이지 않았다. 나는 문을 열고 방으로 들어갔다. 순간 기절할 뻔했다. 내가 갖다 버린 시가, 시집이, 기차 창가 좌석에 있던 시들이 침대 위에서 잠을 자고 있었다. 윗옷을 옷걸이에 걸자 시들은 옷걸이에도 걸려 있었다. 나는 옷을 다 벗고 시들을 바라보고 있었다. 시들은 내가 돌아오기만을 기다리고 있었다. 나는 몸으로 시를 만졌다. 물컹거리기도 하고, 까슬까슬하기도 했다. 점점 콧구멍을 비집고 들어오려고 했다. 구역질을 하자 발가락 사이로 들어가려고 안간힘을 썼다. 내 밑구멍으로도 탐을 내고 있었다. 던지고 던져낼수록 더 달라붙는 것은 여간 불쌍

하고 서글픈 것들이었다. 피투성이가 된 시들을 바라본 눈동자가 나에게 말하고 있었다. 시들을 의자에 앉혔다. 그들이 하고 싶은 말들을 의자에게 말하라고 했다. 그러자 시들은 내게 다가와 나보고 의자에 앉으라고 했다. 나는 의자에 앉아서 시들이 하는 말들을 모두 들었다. 입을 막을 수도, 입을 닫기도 어려운 무성한 시들이었다. 시는, 슬픔이라는 이 장르란, 임신과 유산으로 생성된 그들의 대표 문화였다. 시들이 번식하기 위해 시인들을 유혹하고, 살아가는 방식은 먹이사슬보다 더 슬펐다. 시인이 되기 위해 안달이 난 사람들보다 더 측은한 시였다. 시는 시로서 책상에 있다. 나는 의자에서 시를 바라본다. 시는 이상한 거품을 낸다. 다기가 끓은 채로 부엌에서 나를 기다린다. 병아리가 들어간 냉장고에는 누구도, 문을 열어 주지 않은 채 있다. 시를 부름으로, 시가 오는 것을 알면서도, 부리지 않는 진짜 시인들이 있다. 시가 시를 부른다. 시가 시를 낳고, 소멸한다. 무이며 유의 시. 모두 당신의 시. 저 하늘에 누군가 삼층계의 유희로 만들어낸 산물만이 아닌, 앎으로 더욱더 다정해지는 세계. 그것은 이 세계의 모든 것이자. 처음이고 끝인 세계.
나이고 너인 세계. 나의 아래에서 나오는 시의 광범한
우주의 세계. 시가, 나의 모두가 되는 특별한 시. 내가 천
사가 아니었으므로 가능해서 가능한.

꽃, 숨

숨은 것도 다 들킨 봄이다 삼월의 봄꽃들을 말려 지갑에 90도로 접어 놨다 꽃은 그리움을 모르기 때문에 다시 피는 거다 가끔 난 당신에 대해 마음만 앞선 것은 아닌지 할 때가 있고 또 가끔은 내가 당신을 생각하고 있는 나인가 할 때가 있다

그렇게 뭘 모를 때가 많다

몇 해 전부터 당신은 나의 세계를 경계 없이 들락날락하고 있다 보면 어느새 나는 없고 당신만 있다

맑은 하늘이 나무에 걸린 가을 나뭇잎의 날씨를 만들자는 당신의 작은 숨소리가 지금도 나뭇가지에 앉아 있다 날아가지 못했다 꽃피우지 못한 말들이다 또 부메랑처럼 내게 다가온다 밀려와 나를 생각의 굴레에 빠뜨린다

무얼 생각하는지 묻는다면 나는 없고 나 없는 당신

의 세계를 말하고자 한다

　당신의 세계는 어지러운 생각이다 더러운 생각이다
당신을 생각하면 머리가 깨진다 깨진 머리카락들이 징
글징글하게 떨어지지 않는다 숨소리다 꽃이 숨을 내뱉
는 공기다 꽃이 피워 올린 생각이다
　제발 가, 다시 오지 말고 가, 말을 해도 듣지 않는 생각
이다

　생각을 기차역에 두고 온 날이면
　구두가 먼저 나를 벗는다
　구두 굽에 달라붙은 당신, 내가 생각을 버리고 왔는
데 생각은 버리는 게 아니라 그냥 있는 거야, 하고

　어디선가 내 밤을 보고 있는 당신의 숨소리가 들린다

송아지의 무릎

아버지는 송아지의 무릎을 닦아요
바람이 낙엽을 만나는 소리가 들려요
눈송이와 아버지는 송아지 무릎을 열어요
나는 가만히 송아지의 꼬리를 만져 보아요
내 까만 머리카락의 소름이 물렁물렁해져요

나는 송아지의 말을 천천히 받아 적어요
이틀 밤이 지나면 송아지는 아버지가 된대요
내 귓바퀴에 달라붙는 긴 혓바닥이 있어요
여덟 시의 바람은 감잎에 잡혀 날아가질 않네요
바람도 나무의 무릎을 닦아내고 있는 걸까요

따옴표가 비어 있는 문장의 위치를 알려 주네요
괄호 안에 두 개의 물음표를 지우개로 지우고
느낌표가 있는 문장을 공책에 나란히 정돈시켜요
송아지의 이마를 두드리고 가는 어린 고양이들은
팔각형 한지 필통에서 별과 눈꽃을 붙인대요

다리, 피, 뼈, 털, 발톱의 눈이 가득한 이곳
송아지도 좋아하는 아버지의 종아리가 보여요
연필의 글자는 빼곡하게 서서 나를 살펴요
감나무 구름에 붙여 놓고 싶은 잎사귀라고 쓰고
공책에 뭉툭한 발바닥이 보인다고 메모해요

색깔이 묽은 문양으로 만든 꽃이라고 생각해요
바람이 아버지의 손가락을 다 지나갔고요
아버지는 송아지의 무릎으로 태어난 것 같아요
겨울 눈썹을 닫는 두 송아지를 바라볼 때쯤
드디어 오늘의 받아쓰기 숙제도 끝이 나요

송아지의 발등

나는 송아지를 펼쳐진 작은 책이라고 생각했어요 새까만 별들이 애를 쓰던 겨울밤에 송아지가 큰 책을 뚫고 나왔어요 아버지는 송아지의 다리를 활짝 들어 올렸고요 파란 트럭의 접이식 계단을 우르르, 우르르 하며 발을 구르던 고삐 풀린 작은 짐승의 눈빛을 정면으로 마주치는 날이 된 거죠

떨리는 마음을 잡고 어린 생물 앞으로 다가갔어요 송아지의 심장 소리를 들었어요 파, 파, 파-아-닥, 땅의 진동이 손바닥 위에서 너풀거렸는데 잠이 드는 침대와 바비 인형 이불에도 송아지의 심장 소리가 펄럭이고 있었어요 하늘에서 뭉친 달의 심장 소리는 어떤 것일까, 이런저런 생각을 하며 나는 잠이 들었습니다

혹독한 추위를 송아지는 되새김질하고 있었어요 뜬 눈으로 씹고 또 씹어대는 지푸라기에는 송아지의 문자들이 꼼꼼하게 솟아오르고 있었고요 내가 연필로 노트에 쓰고 쓴 읽고 읽은 오밀조밀한 문장들과도 비슷하게

보였어요 송아지와 친구가 될 수 있는 이유가 분명히 있었어요

　아버지와 같이 간 서점 모퉁이에서 감상한 책의 광채가 송아지의 발등에서 두근거리고 있었어요 밤의 물질이 어두워지면 눈을 깜박이고 나는 송아지의 황금색 발등을 조심스럽게 쓰다듬었어요 이다음에 우리가 다시 태어나면 내가 너를 태우고 하늘을 휙, 횡, 휘휘 날아갈게, 하며 귀에 소곤거려 주기도 했어요

모래시계를 삶았다

모래시계를 커피포트에 삶았더니 저녁 아홉 시가 되었습니다 잃어버린 시간들을 시곗줄로 엮어 긴 바늘 뒤에 숨겨 두었습니다 감춘 시계의 손톱이 짧은 바늘과 나란히 걸어갑니다 잠깐 멈춘 사이 오월의 어둠은 커피포트 속에 끓고 있었나 보죠 당신은 문구점으로 라이터를 사러 간다고 했습니다

내 손바닥의 그림자는 시계를 좌우로 뒤집어 굽고
시계에 묶어 둔 체크무늬 리본 보풀이
아름답게 떨어집니다
당신에게 숙제를 시킨 것도 아닌데 필통은
보이질 않습니다
라이터와 당신은 왜 돌아오지 않는 걸까요?

천천히 식어 버린 모래시계가 내 갈색 눈동자를
쿡쿡 찌르고 있습니다
시계가 내지르는 소름이 극성맞게 나에게
달라붙는 밤입니다

창문에 박힌 별의 발자국이 똑딱거립니다

　당신은 어디서 무엇을 어떻게 왜, 라는 이 공식의 수
수께끼를 나에게 남겨 두었을까요? 풀리지 않는 문제와
차가운 시곗바늘의 뾰족한 모래들이 부엌에서 픽픽 쓰
러져 갑니다 당신이 자주 눕던 소파의 자세처럼요

상자

아버지는 상자 밖에 있다

아버지는 상자에 송아지들의 울음들을 담고 나는 상자를 접는다 나는 상자를 아버지의 자세로 접고 모서리들의 수를 센다 굽이치는 물결 속에 들어 있는 활발한 형체는 비워도 비워내기 어렵기만 한 물체로 가득하다 속이 검게 물든 밤처럼 아버지는 쉼표로 숨을 내뱉는다 모서리가 상자에서 면을 뚫고 걸어 나온다 걸음마다 속도가 다른 것은 아버지의 자세로 접었기 때문이다

아버지가 상자 위에 있다

아버지가 상자가 되고 상자가 아버지가 되면 나를 상자 안에 가두려고 한다 상자는 부서지고 구겨진 모서리에서 송아지의 눈물들이 굴러다닌다 나는 세상이 온통 뒤집어진 상자들로 보인다 상자가 넘어진다 상자가 굴러간다 나와 당신의 거리에서 늘어난 상자의 열다섯 개의 모서리 부분이 직선의 각도로 접힌다 송아지의 다리

는 모서리와 만난다 부딪히는 모서리마다 쌓인 기울기가 높아진다 나는 상자 속에서 상자를 비켜 간다 상자들은 쉬지 않고 흘러간다 열다섯 개의 울음들이 상자안에서 달그락거린다 여름 빗소리가 구른다 아버지는 파란 트럭 안에 모서리를 싣고 송아지들과 상자를 안고 달린다

아버지가 상자 안에 있다

나는 상자 밖으로 나와 상자 안의 아버지를 보살핀다 상자는 죽는다 상자는 죽지 않는다 상자는 말하지 않는다 상자는 공이 된다 상자는 구르다 넘어진다 아버지는 상자를 일으켜 세운다 상자가 일어선다 상자가 나를 본다 나는 상자와 눈을 맞춘다 상자가 눈물을 흘린다 파란 트럭이 아버지와 상자를 뒷자리에 태운다 아버지와 상자와 트럭은 송아지의 울음의 움직임으로 있는다

호랑이 연못

호랑이 연못이 있었다

내가 태어났을 때 연꽃 송이에 호랑이가 살고 있었다
는 소문이 난무하였다 연못에 빠진 사람들은 목숨이 길
어진다는 말을 수직의 길처럼 널리 퍼트렸다 동네 사람
들은 일부러라도 한쪽 발을 담그기도 하였다

여린 나도 할머니와 손을 잡고 서로 한 발씩 담갔다
서로의 발을 잡고 손을 담갔다 아이들도 연못에 한 발
을 담갔다가 연꽃 가운데 호랑이가 나타나 영영 보기 힘
들 뻔도 하였다

장마가 끝나고 아주머니들은 연꽃의 웅덩이를 고목
나무 주걱으로 퍼냈다 UFO가 나왔다 기와집이 나오
고 청동거울과 비파형 동검이 나오고 호랑이 장난감이
나오자 아이들은 양손에 쥐고 폈다 했다 호랑이 가죽
이 연꽃 송이에 떠오르자 어른들은 어깨에 걸치고 돌
아갔다

호랑이가 살던 연못에는 큰 나무가 자랐다 나뭇잎에
는 호랑 무늬가 새겨져 있었다 아이들은 떨어진 나뭇잎
을 모아 호랑이 나뭇잎 조끼를 만들어 입었다

동네 입구에는 호랑이 장승들이 있다 밤마다 호랑이
울음소리를 낸다 첫눈이 내리던 날 내 꿈으로 버스를
타고 온 낡은 가죽의 호랑이들이 하품을 켜고 귀마개를
하고 아버지가 심은 고구마밭에서 흐뭇하게 눈싸움을
하고 있었다

사람들은 영영 호랑이가 떠났다고 했지만 나는 있다
고 믿었다 호호백발 할머니 아리랑 할아버지도 이 마을
을 떠났다고 했지만 호랑이 가죽처럼 잠시 연못 중앙에
주무시고 계시는 것이다

쓸쓸하게 웅크린

코끼리가 나를 보며 묻습니다
너, 밥은 먹었어?
한 땀을 두고 또 한 땀 옆으로
나는 코끼리를 살며시 지나갑니다
그릇 안에 밥은 웅크려 있습니다
엄마는 코끼리와 나의 밥은 같다고 말합니다
쌀의 주술은 느린 밥이 되어
연기를 말갛게 피웠습니다
나는 코끼리의 눈빛이
밥 짓는 시간을 말한다고 믿었습니다
우리가 밥을 먹는 기간과
쌀이 살이 되는 주술은 일치합니다
뒤집힌 알맹이를 복기하면
늘어난 쌀들의 껍질을 말릴 수도 있겠습니다
햇빛이 한 칸과 두 칸으로 나눈
무거운 온도가 서서히 변할 수도 있습니다
코끼리의 등도 내게서 멀어져 가고
웅크린 밥상에 있는 쌀과 나의 살이 보입니다

엄마는 어느덧 눈 밝은 마법사가 됩니다
쌀이 내가 되어 버린 살,
죽어도 있는 살들의 쌀,
다정한 코끼리의 손을 잡고
우리에게 손짓하며 달려올 쌀,
저녁의 연기가 온기를 피우면
밥은 웅크린 자세를 버릴 것입니다

복숭아 알레르기

시냇물 소리를 들었어요
애벌레가 복숭아를 삼키는 소리네요
엄마가 오지 않는 밤이면 베갯잇에
복숭아를 놓고 잠이 들었죠
태양이 하늘에 부딪히면 물줄기가 강해진
시냇물은 맞춤법을 배워 갔고요
하룻밤만 지나고 온다는 말은
복숭아를 삼킨 애벌레의 자궁 안에서
나와 함께 피어올랐어요
나무에 깃든 복숭아가 비껴져 나가고
나도 그녀에게서 비껴 나가듯
원근법을 쌓아 올리는 시절이었어요
그녀가 본래 그녀의 자리로 가는 것뿐
나는 그녀한테 잠시 있었을 뿐
다만 우리는 그녀들이었을 뿐
이렇게 말할 수만 있었을 뿐
과수원에서 수많은 그녀들이
복숭아 양산을 쓰고

복숭아 구두를 신고
애벌레를 껴안은 복숭아나무들과
헝클어진 채 내려오네요
빵집이 오고 옷집이 오고
구두가 오고 모자가 오고
연필과 지우개, 집이 와요
피아노가 와요
텅 빈 복숭아나무 껍질만이
과수원의 하늘에서 흰 눈을 앓네요

Savasana
—미리 보는 장례

나는 미리 보았네

관棺에 누운
나를 마주 보았네

얼굴은 환하고
미소는 만발하였고
관은 붉게
빛이 났었네

나는 누워서도
눈을 뜨고 있었는데
살아 있던 얼굴
그대로였네

죽음이 아름답다는 것을
죽어야 안다는 것이 마지막 비밀이었네

죽는 것을
두려워하지 말고

기쁨의 축제인
영원 놀이에
참여한 것으로
생각했다네

나는 관에 누워
생각하고 또 생각했다네

그대가 있는 곳마다
물결의 꽃이 피고
빛나는 나라를

검정 설탕 유령

1

할머니와 상여의 모습이 선명하게 지나가고 할머니는 꽃마차를 타고 구름으로 올라갔습니다 할머니의 몸은 영혼과 같았습니다 며칠 뒤 발은 둥둥 허공에 뜬 검정 도포를 두른 이가 밤에 나를 찾아왔습니다 방문을 두드리는 소리는 분명 경쾌하게 들린 것도 같았는데 나는 생시인 것 같기도 하고 꿈인 것 같기도 하였습니다

쇠사슬로 조그마한 내 몸을 감더니 어디로 끌고 가려고 하는 것이었습니다 어린 마음에 놀라 심장은 요동치고 창밖으로 달아나는 것을 보고 있었습니다 큰 산으로 뛰어가다가 관촉사의 어느 한적한 빗길에 기대어 벼락을 맞은 아이처럼 아무리 불러도 나오지 않는 목소리는 저주를 받은 밤으로 여러 겹처럼 다가왔습니다

목소리는 쩽쩽 하늘로 울려 퍼지는데 아무도 듣지 못하고 있었습니다 부들부들 떨고 있는 손들이 검정으로 물들어 가고 있었습니다 나는 무릎을 꿇고 눈물이 바위에 맺히도록 빌었습니다 그러자 굵직한 쇠사슬은 감

쪽같이 끊어졌습니다 그리고 몇 마디를 들었습니다 이후 두 속눈썹은 나를 덮어 주고 재우며 내 가슴을 쓸어내렸습니다

　　열네 살의 밤은 유리병에 까맣게 그늘을 솎아내고 있었습니다

　　2
　　나뭇가지의 중력이 나를 세로로 눕혔습니다 나는 잎사귀가 핀 팔레트에서 널브러졌고 안경은 허옇게 질리고 자동차는 창문을 박차고 나갔습니다 박음질이 뜯겨 나간 모자의 올리브나무의 관절은 또 다른 나의 새로운 길을 만들어내고 있었습니다 보일락 말락 하다 겨울의 시야에 안개가 뿌옇게 소리를 내었습니다

　　인기척을 하며 떠다니는 그들의 출현에 잠을 잤습니다

베개는 항상 나보다 먼저 꿈을 꾸었습니다 나는 침대 천장에서 또 벽지가 불러 주는 자장가를 들으며 베개를 뒤쫓아 갔습니다 베개는 벽돌 무늬 꽃 잠옷을 입고 있었습니다 베개와 아울러 생애 달콤하고 달콤한 잠을 감상했습니다 돌이켜 보면 모두 낙엽에 바스락대는 소리의 찰나였습니다

서른이 지난 후의 흐름은 시간, 이라는 언어의 유희가 무엇인지 더 알쏭달쏭해지는 나날이기도 하였습니다

뇌

이월의 겨울이 창틀에서
붕붕, 내 몸에서 붕붕

내 몸을 떠나서
또 붕붕붕

영화 필름이 빛과 같은 속도로
영혼이 날아가는 깊고 환한 장면들

나조차 어렴풋한
뇌의 환생, 기억의 재생

리플레이의 리플레이

짧은 구간에서는
화면이 일시 정지

갈보리 언덕의 뒷모습과

자기보다 큰 나무 십자가를 어깨에 걸친 사람

그 이름은 빛빛

정말 환한 얼굴이었지
그렇게 밝은 사람은 처음이었어

그건 신의 비밀과 그 사랑

십자가의 고통이 나를 내려다보고
나의 고통을 십자가의 고통에 보관하던 날

전두엽에 끼어 있는 나뭇조각의 빛을
측두엽에 두고 온 그날의 차갑지 않은 느낌들
핑, 핑 도는 지구의 둘레
사람에게 붙어 있는 영靈의 크기

나는 또 내 몸속으로

힘차게 차오르고
삼생에 관한
수많은 나의 생들

군인이었다가 수녀였다가
왕비였다가 수행자였다가
공주였다가 구두였다가
옷이었다가 달이었다가

도저히

이렇게라도.
이렇게밖에.

나는 분명 병실에 있었지
내 몸은 붕붕붕

붕붕붕,
붕붕.

분홍 눈

내가 처음 읽던 국어사전에 그 낱말의 ㄱ의 기역

소리 내어 이 세상에 너를 알리는 방식

구부러진 글자를 오므렸다 폈다 말았다 웅크렸다 훈
련을 했다 국어사전 두께의 중력이 내 손바닥에 직면하
고 글자들은 분홍 눈이 되어 책상으로 쏟아져 내렸다

나는 창밖의 아카시아 잎들에게 감추고

재빨리 ㄱ의 글자를 주워
노트에 담아 써 내려간 ㄱ

길이 미끄러질 때마다
연필을 바로 잡는 연습을 익혔고

왕과 신하들이 만든 글자에 하느님의 숨들이 우직하
게 깔려 있었다

모든 것이
ㄱ의 음절로 시작된

둥글게 말아 올린
아카시아의 싱싱한
분홍 꽃잎의

시는 ㄱ의 역습으로 나를 덮쳤다

하느님, 전 도대체
ㄱ의 시가
무엇인지 모르겠어요

누구나 제휴할 수 있는 조건으로서의 ㄱ의 사유

무한한 동맹으로 이어지는
그 ㄱ의 방식

그 분홍의 눈들이 가득한 연대
나의 환상적인 그늘과 어둠이 늘 곁에
나의 뒷부분을 차지했던 ㄱ의

무한한 그
분홍 눈의 ㄱ

무한한 그 ㄱ의

분
홍
눈

2부
모래가 될 때까지

내 전생은 빗방울의 ㄹ의 빗소리

말을 하기 시작하면서 꿈을 꾸었습니다 아이인 나
는 조선 중기 시대의 왕비가 되어 있었습니다 머리를 땋
아 물길을 걷고 한복은 고딕체의 크기로 푸드덕거렸습
니다 나는 노란 저고리에 분홍 치마를 입고 있었습니다
나와 걷던 사람들은 나보다 좋은 사람이었습니다 나보
다 키가 크고 나보다 얼굴이 크고 나보다 마음이 크고
나보다 머리가 크고 나보다 일찍 온 사람들이었습니다
일렁이는 바람도 햇빛도 모두 하나의 꿈으로 살아 있었
습니다

유치원 가방으로 유리문을 두드리고 다른 세계로 넘
어가려고 했습니다 가방을 메고 문 앞에서 한참을 서
있었습니다 문 근처에서 망설였던 순간이 많았습니다
나는 집에서 책을 읽고 닭을 기르고 거북이와 음악을
듣고 꽃과 별에게 글자를 가르쳐 주는 게 더 재밌을 것
같았습니다 그러나 우리 선생님은 가장 예쁜 웃음으로
나를 맞이해 주셨습니다 천사의 여섯 날개보다 더 빛난
선생님은 달력의 우산으로 걸쳐 있습니다

친구들이 다 집에 가고 혼자 도서실에 남아 슈바이처와 파브르 곤충기를 읽었습니다 다행히 나비를 사랑하게 되어 세상은 살 만한 것이라고 여겼습니다 그네를 타다 하늘로 다다랐을 땐 두 콧구멍에 돌멩이가 우, 좌, 왼, 좌 하며 차례대로 신속하게 들이닥쳤습니다 그네를 타고 운동장에 철퍼덕 다이빙을 하는 날엔 기분이 무척이나 기뻤습니다 그때부터 두 코에서 피가 나기 시작하더니 아직도 피가 멈추는 법을 배우지 못합니다

파브르 선생님의 책을 읽으면 온통 나비들이 기하학 문채처럼 쏟아져 내렸습니다 웅덩이에 햇살의 각도로 피어오른 지렁이를 밟을까 신발에 비닐 주머니를 또 신고 또 신어 웅덩이를 가볍게 날아올랐습니다 잠잠한 도서관에서 묵시적으로 운동장으로 달려가 벚나무 꽃잎의 수를 세다 나무의 통관을 좌우지하는 게 꽃잎이 아닐까 생각했습니다 뻐꾸기와 운동장을 거닐었습니다 나무는 양떼구름을 힘차게 풀어놓기도 하였습니다

어느 날인가 학교 도서관에 혼자 남아 읽는 석가모니의 전생담은 어린 나에게 적잖은 위로를 해 주었습니다 눈을 감으며 다음 생을 기약하고자 했습니다 빨리 달려가는 후천 세계를 바라보며 그 자리에서 생을 마감해도 좋다는 결론이 앞섰습니다 가져갈 것이 전무했으므로 공기보다 더 기체 같았습니다 그러나 불쌍한 어버이가 생각나 이 지구별에 남기로 했습니다

이후 오는 세상은 그야말로 아마겟돈이었습니다 카르마가 카르마를 창조했습니다 나뭇가지에 바람이 두들겨 맞는 고통을 이해할 수 있을 것 같았습니다 밤은 어둑어둑해지는데 고양이들은 계속 나를 보고 말을 걸었습니다 빗길은 찢겨 나가고 있었고 나는 베개를 잡고 베개 안으로 걸어갔습니다

청소년기엔 시를 종교로 삼았습니다 신이 있음을 경서로 증명하는 이를 눈 씻고 찾아봐도 찾지 못했습니다 진언을 외우듯 시를 외웠습니다 자면서도 시를 생각했

습니다 생각지도 못한 시마가 찾아오기도 했고 죽음의 수용소를 읽으며 니체와 친구가 되고 저녁놀의 기색을 보며 성숙과 반성숙 사이에서 또 어떤 이의 음표에서 이렇게 당분간 쉬어 가는 거라 여겼습니다

연습장엔 지구를 그리고 신이 어디 있나 생각하다가 사람들이 죽어 가는 것을 보고 있는데 왜 이 지구를 만들어 놓았나 그걸 보는 신은 좋은가 사람들이 죽어 가는 것을 보고 있는 신은 불멸이라는데 사람들이 죽는 건 지구에는 신이 계시지 않는 거구나 그럼 신은 지구 밖에서 지금 있겠구나 내가 이런 생각하는 내 뇌를 보고 있겠구나 나는 그런 생각을 하면서 신이 나를 부를 때까지는 기다리자고 다짐을 했습니다

그 기간을 방학으로 삼았고 아주 기나긴 방학으로 들어갔습니다 방황할 틈은 생각보다 서둘러 거리에서 건조되었습니다 빨래가 다 되었을 때 저는 시와 눈이 맞아 천만다행이었습니다 외롭지 않았던 건 먼저 간 자들

의 지식이 있었고 내게는 외국의 천재 소설가와 책이 있었고 음악이 있었고 시인들이 있었고 시가 있었습니다 시를 읽는 내가 있었기에 세상을 살아갈 힘이 되어 주었습니다

고등학교를 진학해서는 독일어에 머리를 흠뻑 담갔습니다 개잎갈나무 화원과 독일어 책을 사랑했습니다 선생님은 독일어 공개수업을 시켰고 전 즐겁고 재밌게 잘했습니다 수능이 오기 전에 집으로 편지를 보내 주셨습니다 구텐탁으로 시작해 구탄 모르겐이 하얀 눈발의 귀퉁이에 있었습니다

해리포터가 나오자 동공은 지진을 일으켰습니다 버스를 타면 해리가 나에게 빗자루를 주려고 있을지도 모른다는 생각에 너무 설레서 버스를 타는 일이 또 재밌었습니다 람세스와 오페라의 유령과 베르나르 베르베르가 밤마다 동료처럼 찾아와 그들의 문장을 읽어내느라 눈이 붉어져 시력은 바닥이 났습니다

어릴 때는 동화책에 눈이 멀고 중학교 땐 시에 눈멀고 고등학교 땐 소설에 눈이 멀었는데 내 검은 동공을 두르고 있는 글자들은 지구를 몇 바퀴 돌아도 남을 책들이 수레에 있을 겁니다 좋아하면 적당한 것의 완성이 미비하니 그냥 나의 것으로 삼는 일이 전부였습니다

흐음 음 아주 어릴 때 아빠가 해외를 다녀오면서 필기도구를 사 오셨는데 새끼손가락보다 작은 색연필과 연필깎이가 신기하고 좋아서 며칠을 머리맡에 두고 잠들었습니다 그것도 며칠이 지나니 사그라져 갔습니다 사랑을 넘치게 받았음에도 그때 사람의 마음을 채워 줄 수 있는 게 따로 있는 게 아닌가 생각했습니다

빨강 모래알

바다의 모래알을 주머니에 넣어 집으로 돌아온 적이
있다

주머니 안의 모래는 빨강 신호등을 비추고 멈추었다
멈춘다는 것은 뒤를 돌아보는 것이 아니라
앞으로 가야 할 방향을 정하는 일

사실 모래의 기원은 어제로부터 시작된다 모래는 모
레를 먹고 키가 커진다 모래를 삼키며 자란 모레를 통해
흘러나온 신호등 불빛을 따라 모래의 발자국이 나온다

발자국에 담긴 시선들이 눈부시다
주머니 속에 있던 모래알들이 차도에서 차선으로 쏟
아져 나온다

모래는 아무도 모르게 모래의 방식대로 살아간다 모
래의 방식으로 먹고 뱉고 씹고 마시고 배설하고 사랑하
고 죽는다

바다의 모래알을 주머니에 넣어 집으로 돌아온 적이
있다

모래가 비추는 신호에 따라 살아온 적이 있다 모레를
기다리며 모레를 애쓰며 모레를 지우며 모레를 잡으며
우리의 모래가 모래가 될 때까지 그렇게

있습니다, 평행사변형의

만나지 않습니다

　　/우리는/

　　　　/ 9✕9=81로 /

　/사랑을/

　　　/합니다/

두 직선이 만나지 못하는 슬픔을
나는

사랑합니다

몽환의 양식

어제 잠든 자의 양고기가 담긴 점심은 오늘 산 자들의 아침 기도문입니다 죽은 자들이 죽은 자들을 빗자루로 쓸어내는 날들로 장례식은 무덤에서 진열되고 있습니다 바위가 팡, 팡팡 구르고 산은 햇빛의 일곱 물줄기로 갈라지고 있네요 한쪽에서는 포도주가 담긴 병들을 무너뜨리고 또 한쪽에서는 포도나무에서 딴 열매를 벗기고 있고요 빗방울의 껍질은 바위틈에서 쪼개지네요 발가락에 달린 사진기가 셔터를 누르는 직업병은 무방비 도시에서도 노출이 됩니다 십자가가 하늘에 못을 내려놓습니다 건축자가 버린 모퉁이 돌멩이가 골고다 언덕을 가볍게 걸어서 구름으로 올라가는 마지막 컷, 빗방울은 곤두박질쳤습니다 다리는 여행에서 돌아오면 사진을 그림처럼 조용히 찍은 기법을 넘겨주는 밤의 연속이었습니다 밤마다 다리가 나를 두고 여행을 갑니다

새의 얼굴

사진기가 없던 시대에는 얼굴이 새라고
생각했을 것이다
늦은 여름의 길거리에서 화가 많이 난 새를 보았다
머리부터 발끝까지 온통 빨간 물감을
뒤집어쓴 것 같았다
빨갛게 물든 새를 바라보는
오후의 다섯 시도 붉어졌고
낡은 의자에 기다리는 사람들도
하나하나 물들어 갔다

버스 정류장에 앉은 바람은
여름 온도로 더 높아진다
붉은 외투를 입다가 버리는 식은 바람들은
새의 흐릿한 눈동자처럼 휙
바람의 조각난 눈동자처럼 휙휙
핏빛 옷을 벗는 새들의 얼굴은
점점 늘어난다

다섯 명의 새들은
또 다섯 명의 새를 데리고 온다
새의 부리에 작은 현미경이 있다고 바라본다
새의 부리는 또 다른 눈이라고 의지한다
의자에 앉은 사람들의 기울기는 더 낮아진다

새들이 전해 준 소식들은 전부
다 그러했을 것이다
모두 다 같은 안부라며 새의 부리가 쪼아대고
가엾은 새들은 부리를 땅에 묻고 죽어 간다
땅에 새의 얼굴과 현미경을 차례대로 묻는다

무덤을 찍는 렌즈는 투명하게 알고 있다
현상된 사진에는
새의 영혼이 있을 것이다
더운 길거리에 화가 나 죽어 간 얼굴들도
바람이 된 빨간 물감들은 전부 그대로 있다

초록의 감각

잠이 드는 색을 보았다
영롱한 초록색이다

함께 있었던 시간은
노란 손뼉이 가득했던 거실이었다

너는 보라색의 잠을 즐겨 했고
나는 잠의 말을 색이라는 말로 읽었다

같은 세상에서
같은 사물을 마주하는데

말과 색들은
우리 사이를 더 멀어지게만 했다

내려쓰는 단어와 감각은 왜 설명이 불가능한 걸까

마주 앉은 자리에

칼림바를 튜닝하며
감각의 균형을 맞추기 위해
노력해 본다

무지개의 빛깔이 우리의 얼굴을 뭉툭하게 지나간다

바람 빼기 자세
—공기처럼

매트에 등이 닿도록
누워요

내 몸 안에 깃든
나쁜 것들을 내보낼 시간입니다

좋지 않은 말
힘들게 했던 이야기
나쁜 기억들
아프게 한 생각
나를 울리게 한 일들
심장이 아파 약을 먹었던 일

모두 모두
밖으로 내보낼 시간이에요

겹겹이 합쳐
나를 눌렀던 여러 가지 모양들입니다

한꺼번에
다 날려 주세요

그러다 내 몸까지
들어 올린다면

나는 다 허락을 하겠어요

나도 함께 그 나쁜 것들과
소거된다면

나는 차라리 좋은 것으로
다시 태어나겠어요

그리고 태어남과 죽음을
평생 반복하겠죠

내 몸 안에
굴러다니는
다양한
크기의 별들이
나를 스쳐 가네요

이제 더는
내 안에 까만 어둠을
신고 다니지는 않으려고요

이제는
하얀색으로 둘러싸인
예쁜 모양의 별들만
가득하게
담아 두려고요

그래요
이제부터 본격적으로

별이 되는 거예요

해바라기 라디오

라디오에서 해바라기 꽃잎이 돋아납니다
부드러운 살결을 가진 숙련된 진행자의
목소리는 창문 손에 잡혔다가 사라집니다

FD/25구역 자동차가 나를 운전하고
안테나 주파수를 돌리고 있습니다
잡히는 음마다 친절한 고객님들의
입술 색들이 섞여 있는 것 같습니다

오늘 팔아넘긴 팔월의 바다색 코트가
자동차의 유리 벽에 묻어 있네요

지하 바닥에 길게 구부러진 근육을 가진
상자들을 툭, 툭툭 두 손으로 건드리면
바닷가의 실루엣을 걸칠 수도 있겠습니다

마감 시간엔 사각 형광등은 빠듯하게
매장을 지나갔습니다, 일터를 계산했던

시곗바늘이 번갈아 긴 숨을 뱉었고요
눈치가 가벼운 옷들은 거울이 얼굴을 비추면
글쎄, 햇빛으로 착각을 하고 있다니까요

백화점 유리창 너머 엘리베이터가
위태로워 보입니다, 급하게 관절염약을
무릎에 처방받아야 한다면 지금 당장

달려가서 정형외과 선생님을 휠체어에
태우고 오는 게 좋다고 생각합니다

신문들이 만든 조형물들을 들고 가는
바퀴 바람이 쑥, 쑥, 쑥쑥
비틀거리며 지상으로 옮겨 가고 있습니다

호루라기를 불어대는 예쁜 남자아이들은
훈련소에 가는 노래를 부르고 있는 걸까요?
나는 주차장 출구로 즉시 나아갑니다

네모 안의 촘촘한 방들의 입구를 등지고
네모 밖의 빽빽한 건물로 푸다닥거립니다

한나절 동안에 어떤 일들이 벌어졌는지
핸드폰을 검색하진 않을 겁니다,

해바라기 꽃잎의 전등이 어둑해지면
나는 이제야 하루를 천천히 시작합니다

오로라 화관

쿵, 보라색으로 앉아 있는 색이 있다 햇빛의 둥근 넓이로 색은 변해 간다 아주 작은 형식이다 또 점점 색은 불어난다 불어나는 세기로 예상되는 얼굴이 있다 얼굴의 부피는 말랑말랑하고 두텁다 강직하다 높게 부는 바람은 왼손과 오른손의 길이가 독특하다 숙성된 살갗이 둘러싸인 온도가 자상하다 가까이 가면 두 손의 크기는 고르다 색은 색이 아닐 수도 있다 색은 빛과 다를 수 있다 쿵, 의 문장으로 다르게 쿵, 의 또 다른 색으로 숨을 쉴 수가 있다 어쩌면 앉아 있는 것과 색의 무늬가 일치할 수 있다 불꽃이다 색이다 색을 더한 색이다 관측을 통해 나타난 성운의 자취이다 은하수다 해가 들여놓은 무지개의 선이다 빗소리가 만든 넓은 높은 물의 숲이다 하늘의 둘레가 구름이 다녀간 발자국이다 빗방울이 하나, 둘, 조각하는 그림들이다 빗금으로 이어진 비의 사다리다 투명한 소묘다

웃는 저고리

　고기를 먹지 않고 불심으로 생애를 마감한 할미 가족과 나를 위해 늘 공양을 한 할미 쌍계사와 개태사를 집처럼 드나들던 할미 내 손목을 잡은 부처님은 관세음보살로 안겼고 바구니에서 알사탕을 꺼내 주던 할미 눈길에 다리를 다친 뒤로 시름시름 앓더니, 떠나기 전날 밤 꽃가마를 타고 가고 있었다 할미의 몸은 세상에서 가장 작은 몸, 새라도 들 수 있을 것 같았다 할미는 밤에 웃는 저고리 두 벌을 옷장에서 꺼냈다 하얗고 작은 아기 옷, 내가 아주 조그만 아이였을 때 할미는 나를 배 속에서부터 업고 다녔다 내 가슴에 피멍이 든 실반지를 아는 것이다 과거, 바다에 띄워 둔 실과 바늘이며 옷들이 생각났다 분홍 선글라스를 끼고 오동나무 옷장에 깊숙하게 넣어 둔 웃는 저고리를 나에게 보여 주었다 지금쯤 할미는 무엇을 할까? 극락에서 날 위해 두 손을 모으고 아이스아메리카노를 마시고 있을까? 이렇게 할미가 생각나는 밤엔 당장이라도 날 부르며 하이힐을 신고 달려올 것 같은 밤이다 무엇을 타고 올까? 달빛을 타고 올까? 기차를 타고 올까? 혹시, 은비녀를 두르고 할아버지의 침을 정리하고 있을까? 아니면, 할아버지와 아픈 사람을 치료하고 있을까? 군인들의 부러진 뼈에 약초를 뿌리고 있을까? 벼 이삭을 거두던 군인들의 손과 탕약을 적신 수건을 세탁하고 있을까? 그것도 아니면 천국에 사는 사슴들의 다리에 침을 놓고 거북이의 머리에 청진기를 대고 있을까? 파란 양들과 히아신스, 참새들이 쉬는 나무 그늘을 만들어 주고 있을까? 나는 너무나 잘 있지만, 가끔 우리 동네도 구름 사이로 자는 모습을 볼 수 있겠다 천국에도 아픈 사람이 있어서 출장 간 할아버지와 군대에서 눈을 감을 오빠와 참전용사와 목줄을 감은 우리 집 강아지 캉캉이도 함께 있을 것이다 할미가 나를 부르면 너무나 반가워할 것 같은 밤이다 달을 보다가도 할미가 생각나면 물 한 모금 마시듯 숨을 들이마시고 내쉬고 하는 날이다 온통 할미의 밤이다

바닐라 향기

　나의 아이스크림 삼촌 하늘 아이스크림은 무슨 맛이에요? 거기에도 구름이 잠을 잘 때 자장가를 부르나요? 나무들이 기지개를 켜는 소리도 듣고요? 나뭇잎이 바스락거리는 소리에 눈꺼풀을 내려놓으면 멀, 멀리서 저 먼 곳에서 우리 삼촌은 자동차 트렁크에 아이스크림을 품고 와요 나는 또 맨발로 마당을 뛰어나가 잠이 들고요 별 마당의 오리온 단추 자리에 엎드려 나와 함께 하늘 세계를 들어요 단추를 마루에 내려놓고 간 별들도 다 떠나고요 그사이 내 옷의 크기가 점점 집처럼 커져 가요 삼촌 이다음에는요 내가 당신의 삼촌이 되어 드릴게요 아이스크림을 자동차의 유리창에 익혀 여름 꽃들과 같이 먹고요 옅게 물들어 가는 해 질 녘이 사라지지 않은 하늘을 그릇에 담아 선물도 하고요 만약에 꽃비 내리는 나라가 사라진다면 나는 삼촌 곁에서 바닐라 손등을 내놓을게요 우리 즐겁고 신나게 달콤하고 새콤한 아이스크림을 만들어요 동생들도 하나씩 나눠 주고요 입술에 묻은 여름 바람의 조각마저도 상큼할 정도로요 그럼요 아주 많이 상큼할 거예요

간절한 호두과자

간절하다는 말에서 천안의 호두과자 맛이 났어
일절에서는 그 맛을 듣지 못했어
이절에서는 호두마루에 꽂은 깃발이 흔들거리는
출렁거림이 도로에서 들려왔고
삼절에서는 호두꽃들이 줄지어 따라왔어

그러나 호두알은 호두과자 안에
들어 있는지 잘 몰랐어

호두과자 속에 사는 호두알은 간절하다
간절한 호두알들은 호두과자 안에 산다
당신이 천안에서 대전까지
당신이 천안에서 대전으로 통과할 때
호두과자 안에 있는 호두알들은 더 간절해진다
간절해진 호두알들만이 호두과자를 만든다

맛이 있다고 또 간절해지는 것은 아니지

호두과자를 손에 넣었다고 간절해지는 것은
더더욱 아니지
당신이 천안에서부터 사 왔다고
간절해지는 것도 아니지
천안에서 사 온 호두과자라고
해서 간절해지는 것도 아니지

호두과자가 간절해지는 것은
오로지 호두알뿐이라는 사실이야

호두나무 아래에서 뛰어내린 호두알, 호두알
호두알을 씹을 땐 간절함을 생각하자
간절한, 간절한 호두과자
당신과 나 사이의 간절한 대화를 생각하자
생각하자, 생각하자 간절한 호두과자를
이 세상의 간절한 호두과자 안의 호두알을
나와 당신과의 간절한 만남을, 대화를, 현재를

내 심장에 박혀 버린 검은 호두꽃을

옷들의 이야기

옷들을 보았다
연필의 검은 마음이 단단하게
메운 숨구멍을 뚜렷하게 보았다
옷들이 옷을 입는다
옷들은 거리를 걷는다
옷 위에 옷을 입은 옷들이 걸어 다닌다
옷들은 횡단보도를 건너고
버스를 타고 기차에서 잠을 잔다
옷들은 의자에 앉는다
엉덩이가 찰싹 의자를 감싼다
옷의 피부는 별 나무의 표정을
읽으며 달라진다
옷의 얼굴이 시시각각
사람들 사이에서 홍조를 띤다
이 옷을 두고 말하기를,
누구는 마네킹을 봤다고 하고
또 누구는 뒤집어진 사람이라고
또 다른 사람이라고 한다

아무도 옷을 제대로 알지 못한다
옷은 취직을 한다
취직을 하는 옷은,
또 옷을 사고 또 옷을 입는다
사고 버린 옷들이 가득한 나라.
옷은 옷을 입는다
옷은 옷을 벗는다
매일매일 옷을 갈아입는다
옷들은 단추를 푼다
옷들은 달콤한 사랑을 하고
옷옷옷, 옷옷옷옷
옷－－－－－－, 옷－－－－－－.
연애의 종료는 언제나
예리한 가위질.
옷은 차가운 이별을 햇빛에
까맣게 녹이고
다른 옷을 찾으며
살아간다

3부
대답은 고양이의 몫입니다

동화와 모형들

그는 항상 가방에 불가사의한 틀을 가지고 다녔다 그의 취미는 자동차 원주율 주기표를 외우기 하늘에 있는 구름을 보며 드나드는 음표의 각도를 재는 법을 가방 기둥에 차곡히 세우기 하늘의 공간과 새들의 공간을 나누기였다

그는 나를 위해 미의식의 노트를 만들었다

금빛 노트를 뜯자마자 모형과 인사를 해야 했다 처음 마주한 식의 배열은 '◯+△+♡+=□'의 모형이었다 자칫 잘못하면 달의 모형으로 오른손 엄지손가락이 찔릴 뻔했다 도자기의 음각으로 구운 모형들은 날카로웠다 볼록볼록한 흙의 감촉은 유약의 이성대로 꿈틀거렸다

나는 그걸 바뀌지 않은 공식이라고 했다

동그라미 더하기
세모 더하기

네모는 달이다

모든 일이 쉽게 풀어질 땐
그의 가방에 든 달의 모형이 떠올랐다

달의 모형은 구름의 공식을 가르쳐 주곤 하였다
구름과 구름 넓이의 각도를 재는
삼각형을 완성하듯이
새들도 가방에서 난다고 말했다

그의 가방이 점차 가죽으로 cm에서 m로 바뀔 때였
다 자전거의 바퀴도 그의 가슴 안에서 회전을 종종 하
였다 그도 가방도 모형들도 처음의 모양으로 살아가고
있었다 아름다운 슬픔이 지나가는 과정에서 항상 그의
가방이 있었다 가방 안의 구름, 가방 안의 지갑, 그의 묵
은 모형과 단 하나의 비스듬한 선물이 꽃잎의 조형물로
있었다

의자

의자가 있었다
의자가 있었고 또 의자가 태어났다
의자는 속눈썹이 참 단아하고
키가 또 단아하고 가방이 크게 단아했다
이상한 점은 의자가 의자에 앉기를
거절한다는 일이다
나는 그 모습을 보고 참 의자다운
발상이라고 생각했다
나는 의자의 생각을 하므로 살아갈 수 있었다
이것 또한 의자의 일부인 것이다
그래서 내가 의자가 되었다는 사실을
매일 자각하는 일.
이 일은 의자의 시이며
의자가 의자로 살아가는 방식일 것이다
의자는 말을 안 했다
의자는 단, 숨을 쉬었다
의자의 숨은 말이 되고 그 말은 내가 되었다
하얀 말과 숨,

가벼운 깃털이 의자를 일으켰다
의자는 걸었다
의자의 하늘은 많았다
나는 그 하늘을 보는 것이 즐거웠다
그 하늘에서 새가 푸르게 있었다
의자는 쉬지 않고 있었다
의자는 쉬는 법을 잊었다
깃털의 가벼움은 의자를 멈추게 했다
의자는 자동차와 달렸다
신비한 사각형을 가진
의자의 네 뿔, 네 힘, 네 원소.

커피소년

커피, 커피소년이 자동차를 타고 눈사람과 떠났지 눈이 되풀이되던 밤 나에게 찾아왔다고 했지 정체는 커피, 커피소년이라고 했지 커피라는 말을 부르면 소년의 입속에서 커피 껌이 만들어진다고 했지 커피 껌을 씹으며 구름 무지개가 흘러가는 방향으로 커피 껌을 뱉고 커피알을 입에 물고 입술의 주름을 펴는 담배 연기를 몰고 자동차를 타고 주차를 한다 길바닥에 버린 꽁초를 주워 만든 인형을 피규어라고 했지 도로에 서성이는 두 고양이를 별자리세탁소에 보내 주고 오는 길이라고 했지 커피 향초에 전기를 넣어 불을 켜면 빗방울들이 향초 안쪽으로 정착한다고 했지 나도 덩달아 향초에 접속했지 그러자 세상의 더러운 것들만 남게 되었지 곧 커피소년의 목소리가 들려왔지 나는 더러운 사람입니다 접속을 끊자 몇 개의 목소리들이 주변에 꽃을 피웠지 비가오는 날, 온두라스의 산기슭에서 커피콩을 따는 소년들의 목소리였지 소년은 거꾸로 강을 거슬러 올라가는 연어처럼 살기 위해 당장 커피 위스키를 마셔야 한다고 했지 연어 가죽 날개를 단 자동차를 운전하기 위해 소년

은 새 콜롬비아 패딩을 입어야 한다고 했지 커피, 커피소
년의 꿈의 꿈을 꾸며 나도 눈도 향초도 자동차도 목소
리도 커피소년의 이름을 불렀지

기린의 전화

어젯밤 기린에게서 전화가 한 통 걸려 왔다 매트릭스의 파란 초원에 누워 나는 전화를 받았다 기린은 집에 도착했다고 했지만 바다를 달리고 있는 목소리였다 그 바다 위쪽에 갈매기는 파도를 움켜쥐고 하루 종일 서 있는 별들이 바다로 내려와 휴식을 갖고 있었다 나는 전화기 곁으로 다가가 기린이 바다를 달리는 목소리에 귀를 접붙임을 하자 두 귀는 비단잉어의 지느러미를 가지고 있었다 초원에 눕기 시작하면서 천천히 귀에 지느러미가 자라기 시작했다

지금 이곳은 바다의 3층 지하에 와 있습니다

당신이 하는 말을 우리가 들을 수 있습니다 기린의 목소리는 미역으로 옷을 입고 몇 개의 잡음이 들리기 시작했다 핑크 돌고래라는 신분을 밝혔다 지금 당신이 듣고 있는 목소리는 실제입니다 전화를 끊지 마십시오 나는 꼭 할 말이 있습니다 지금 전화를 끊으면 당신은 모든 기억을 잃게 될 겁니다 전화를 끊지 마십시오 나

에게 전화를 한 목적은 무엇입니까 다른 한쪽 귀에서는 젖은 미역이 흘러내리고 있었다

　나는 더 이상 젖은 미역이 흘러내리지 않도록 양해를 구해야만 했다 죄송합니다 한쪽 귀에서 파란 미역이 흘러내리고 있습니다 잠시 수건을 가져올 테니 전화기를 내려놓겠습니다 그래도 되겠습니까 돌고래는 박수를 세 번 치더니 수락했다 나는 수건을 가져와 웃자란 미역과 지느러미를 하나씩 떼어내기 시작했다 여보세요 들리세요 지금 내가 하는 말이 들리세요 네 들립니다 당신은

　지금 내가 하는 말이 들리십니까

　나는 바닷속에 사는 바람이라 하오 지금 여기는 눈이 내리고 있소 당신이 있는 나라의 바람은 어떠하오 바람이 가로로 부는지 세로로 부는지 말해 줄 수 있소 나는 창문으로 다가가 오른 손바닥을 내놓고 바람의 방향을 느낀다 바람에 세로와 가로가 혼합되어 있어요 그렇

소 거기는 지금 몇 시요 지금은 깜깜한 28시 80분입니다
계절은 어떠하오 장마철입니다 우리가 살고 있는 곳은
겨울이오 지금 함박눈이 내리고 있소 물고기들은 입으
로 눈송이를 만들고 미역 물풀 사이에 숨어서 눈싸움
전쟁을 벌이고 있소 눈 폭탄이 물러나지 않으니 바닷속
은 조용한 날을 거르며 출렁거리는 것이오

　새벽입니다

　전 너무 졸립니다 내 눈꺼풀이 침대 위에 떨어지고 있
습니다 잠깐만 아직 할 말이 하나 더 남아 있소 전 지금
너무나 졸립니다 전화도 겨우 받아 이 말들을 기억이나
하겠습니까 당신은 모든 걸 다 기억하게 될 것이오 그럴
리가요 나는 지금 너무 졸립니다 졸려서 입술도 잠이 들
고 있습니다 귀를 귀를 귀를 떼어내겠습니다 전화를 끊
으려 합니다 그래도 되겠습니까 잠시 나요 나 기린이오!
기린입니다! 이것을 절대 잊지 마시오 나는 오늘 밤 당신
에게 전화를 했소!

장미를 올려놓으세요

누워 있는 고양이의 가지런한 움직임을 봅니다 자갈밭에 누워서 나누는 대화를 보면 대추나무가 가지를 흔듭니다 자동차들이 드나드는 발자국을 따라 여행자들의 이야기를 듣습니다 고양이들은 뒹굴다가 어디로 떠나는 건지 어색하기만 한 흔적들만 남겨 놓습니다 매리골드의 정렬은 알고 있을지도 모릅니다 고양이는 직선으로, 매리골드는 둥근 움직임으로 서로의 행방을 쫓고 있을지도 모른다고 생각합니다 저마다 햇빛들이 입술에 둔 바람을 뱉어냅니다 공중에 떠다니는 구름의 혼들이 지나갑니다 떠다닙니다 그렇게 떠다니다가 나뭇가지에 닿습니다 솔방울이 또 흔들립니다 나무가 흔드는 것인지 바람이 흔드는 것인지 햇빛이 흔드는 것인지, 중요하지 않은 질문들을 하는 사람들이 있습니다 대답은 언제나 고양이의 몫입니다 캄캄한 어둠이 몰려오는 크기로 고양이들이 오고 있습니다 성립된 식은 다 밝습니다 안전한 걸음 속에 당신의 눈동자가 보입니다 누군가 하얀 불빛들을 껐다 켰다 하는 밤입니다 밝아지는 밤이 다시 꽃을 피우고 있습니다 내내 아침입니다 내내, 당신입니다

켈트족에게

안녕! 오랜만이야.

이렇게 너의 안부를 묻다니,
봄이 왔는데 여름이 밀려 나가는 계절이야.

흰 눈송이들이 지금
개구리 뒷다리를 잡고 있어.

너는 잘 있니!

무슨 반찬으로 도시락을 싸고 있니?
콩자반을 집을 땐
숟가락보다는 젓가락이 제일인 거
알고 있겠지?

잔소리가 귓구멍에 걸터앉아야
세 살 버릇이 여든까지 가는 법이래!

지금은 2040년 4월 31일 8초.

난 글쎄 잠을 자고 일어났더니,
속옷에 빨강 그림을 그려 넣었어.
가슴은 그냥 계속 부풀어 올라.

이러다가 나무 위로 뷰--- 또 뜨겠어.

나 이렇게
뷰, 너에게 부, 뷰--, 뷰-- 같지도 모르겠어!

너도 그런 적 있어?
떨어진 벚꽃 잎을 세다가
꽃잎 소리 들은 적이 있어?

달팽이관에서 분홍 물감이
지층을 만들고 완전히
나를 점령한 기분이야.

그럼.

또.

지금은 2080년 4월 31일 11초!

레이어드

레이어드 레이어드 꿈의 심층에 레이어드
바람이 불고 온 레이어드
머리카락의 레이어드
나의 레이어드. 레이어드가 레이어드로 불리는 순간
레이어드가 레이어드가 아닌 순간들
레이어드라 말할 수 있는 것들의 레이어드
레이어드, 레이어드라고 말하면 꿈의 심층에서
나올 것 같은 레이어드

다만 말의 심층에 꿈의 심층에 담아진 레이어드가
레이어드스러운 표정으로
손짓하며 눈의 심층에 겹겹이 쌓고 쌓인
레이어드가 연출된다

꽃눈과 심층의 레이어드가 공간의 휘어짐에 따라
움직이는 목소리에 따라 광휘의 움직임이 변한다

아, 레이어드 레이어드

나만의 레이어드,
부르다가 부르던 말의 심층의 레이어드
레이어드, 심층의 레이어드
쾅쾅, 무너진 것들의 레이어드
존재의 다른 존재로 이어지는 레이어드의
진동의 떨림
점멸하는 순간들이 점선으로 이어지는
삼각형의 완성체들

사각형의 꼭짓점이 흔들리며 웃는 것들의 레이어드

아, 그 레이어드

내가 본 그 레이어드가 지금의 레이어드와
결합이 되는 순간
얼어붙는 조각의 레이어드

방방, 떠다니는 저 조각의 레이어드

레.이.어.드
레이어드.
레이어드. 레이어드. 디.

레이어드의 디
디, 디,
디의 레이어드의 디디

디와 레이어드의
무소불능한 우정

디디디, 디디의 레이어드의 정

저, 깨진 눈물 조각의 레이어드
뚝뚝 떨어지는 저 핏물의 레이어드
살점이 끊겨 뜯어져 떨어져 나가는

저, 육화된 말의 레이어드

자꾸만 부르게 되는 자꾸만 반복하게 되는
아침의 레이어드
자폐라는 글자에 촛불이 녹아 만들어진
글자의 레이어드

죽어도 죽지 않고, 살아나는 정신의 강인한 레이어드

레이어드의 최후가 발화되는
점, 선과 면들의 레.이.어.드.

너의 온갖 레.이.어.드.

탑정호수

탑정호수로 떠나는 봄을 입을 사람들,
손에 딸기 씨앗을 하나씩 들고 있네요
주머니에 두둑한 생수병이 하나,
사각형 안경에서 누군가의 얼굴도 하-나
딸기 버스가 지나가고 지나가고요

사람들이 딸기 씨앗을 호수에 심어요
딸기로 피어오르는 호수의 물결이
내게 왔다가 당신에게로 또 가네요
어쩌면, 이 호수가 깊은 당신을
읽어 가는 시간이 될 수도 있겠죠

필라멘트가 딸기의 향을 읽듯이
우리가 읽어낸 마음들을 세어 보고요
물방울의 투명한 얼룩이 빨갛고
불투명한 강물이 될 때까지
앉은 바람들도 일어나 나무가 되면

호수에 핀 잎사귀가 양면에 박힌
물방울들의 긴 문장을 해독하고
당신에게서 온 광활한 서신 하나를
호수의 길로 조용히 흘려 두고
봄의 계절을 맡으며 보내려고요

바위 할아버지

　할아버지, 할아버지, 바위 할아버지, 군함 타고 날아
가신 할아버지, 배고픔으로 파편과 탄피를 먹은 할아버
지, 6·25전쟁에서 이긴 할아버지, 국밥, 뜨거운 국밥을 5
분 만에 들이켜고 쌀가마니에 각목으로 두들겨 맞은 할
아버지, 가을날 바위가 나타났다는 이야기, 거지 같은
세상 살기 싫고 꼴 보기 서러워 딱총을 만들어 자기에
게 쏘려고 했던 이야기, 신발도 한 치수 큰 것으로 샀던
이야기, 천천히 이야기가 떠올라요 할아버지, 지금은 어
디에 계세요? 금색 토끼랑 은색 토끼랑 바닷속에서 거
북이랑 숨바꼭질하고 있는 거예요? 뜨거운 여름날, 할아
버지는 부채 도사처럼 몇 가닥 안 남은 흰 머리카락으로
사과나무도 심었어요 우리가 밟은 발걸음 소리를 듣고
꽃들도 열매를 틔웠죠 할아버지, 할바지, 나는 구름을
보면요 할아버지의 하얀 눈썹이 생각나요 할아버지랑
있으면, 할아버지 앞에서 다들 벌벌 떤다고 했어요 멧돼
지도 침을 발발 흘린다고요 도깨비도 땀을 뻘뻘 흘린다
고요 나는 안 그래요 나는 할아버지 하나도 안 무서워
요 오늘 할아버지 태어난 날인데, 제 속눈썹이 찌릿찌릿

저려요 나중에 할아버지 만나면 또 재밌는 이야기를 들을래요 같이 백두산의 손을 잡아 줄 거고요 꽃구경도 가고요 제가 하얗게 튼 발을 씻겨 드릴게요 옛날에 어떤 사람이 이를 안 닦고 대신 치약을 먹는다고 했잖아요 더러운 속을 닦을 위해 치약을 먹는다고요 속사람이 하얀색이면 눈송이는 내리다 거꾸러질 수도 있을 것 같아요 할아버지, 만나면 신기하고 재밌는 옛날이야기를 들려주세요

7

나는
7을 좋아했다
7을 보면
나의 예쁘지 않은 구석이
예쁘게 생각이 되었다
7은 나와 아주
멀리 있다
7을 만나지 않는다
7의 네 계절에 대해 미지하다
해의 중심이
달의 원심력으로 사라지던 날,
나는 7을 생각했다
나와 멀리
더 멀리 있는 7
만나지 않는
긴 거리에 사는 7
지구의 계절이 자전하는 동안의 7
둥근 반짝임이

두 사이에

다리를 놓고 있는

나와 7의 별

잠자는 모자

모자.

모자를 쓰고 잠을 잘 잔다.
나는 그거 좋아해.

모자,

모자가 없으면 안 돼.
자다가도 나는 모자를 찾아,

모자를 썼는데도 계속 찾는다.

어디서부터 어디까지 모자인 줄
모르고 잘 때가 많았다.

일어나면 나는 없고
모자만 있다.

나는 어디 간 걸까?

또 모자는 잠을 자다가
알람 소리를 듣고 제시간에
일어나기를 참 잘한다.

나는 모자와
한 몸이었다가
분리되었다가
다시 떨어졌다가
또, 다시 붙었다가
또, 또, 또다시 떨어진다.

모자는 언제나 내 옆에 있다.
나는 가끔 모자를 썼는데도
모자가 안 보인다.

나와 모자의 이야기는

계속되는 말들이다.

이건 떠날 수 없는 관계.

불가불의 불, 그리고
계란 위에 모자 터트리기

나는 모자를 사랑해.
모자도 나를 사랑해.

하나일 수 없는 시간이 밤을 헤맨다.

모자는 선생님이다.
모자는 애인이다.
모자는 모자가 아니다.
모자를 나도 모르게 산다.

나는 모자를.

모자를, 모. 자. 를
아, 모자의 나라를

이렇게 사는 모자의 세계를!

4부
쿠키가 되어 보자

시로 만든 쿠키

쿠키,키,쿡,키, 모양과 맛을 구분할 수 없음을 쿠키의 나라에서 쿠키가 된 사람이 쿠키 목소리로 외친다. 쿠키를 위한 시를 만드는 것으로는 쿠키를 만드는 일은 부족한 일이라고 말한다. 쿠키를 만든다고 해서 쿠키를 위한 시를 쓸 수 있는 것도 아니라고, 쿠키가 선언한다. 이제야 쿠키가 된 당신. 당신은 쿠키다. 쿠키와 당신은 동일하다. 하나가 된 당신이 쿠키를 입에 물고 나는 쿠키입니다, 라고 자신을 알린다. 우리는 당신이 쿠키라는 것을 아는데도 계속 나는 쿠키입니다, 라고 말한다. 당신은 2028년 일자의 쿠키다. 당신은 세상에 있는 모든 쿠키다.

쿠키의 시가 있다.

먹어도, 먹어도 배가 차지 않는 시로 만든 쿠키를 물처럼 찾았다.

물의 넘어감의 연속성은
물이 만든 모든 것을 맹숭맹숭하게 했다.

오로지 시로 만든 쿠키가 초승달과 반달 사이의 비율을 낸다. 맛을 내는 것들에게서도 맹숭맹숭한 냄새가 난다. 맛과 향을 구분하는 사람이 말한다.

동그란 쿠키의 맛과
납작한 쿠키의 맛을 시로 비교해 보세요.

쿠키를 먹는 사람은 쿠키를 먹다 쿠키가 되어 보라고 한다.

그래. 쿠키가 되어 보자.
나는 쿠키다.
난 쿠키가 되고 싶다.
난 쿠키여야만 한다.

모든 것은 쿠키다.

(쿠키, 안으로 들어가 본다.)
쿠키가 있다.
쿠키, 라고 부르는 말 안으로.
말 밖으로. 들락날락하고. 한다.
하고 있다.

쿠키, 키, 쿠쿠키키, 모양과 맛을 구분할 수 없음을 외친다. 쿠키를 위한 시를 만드는 것으로는 쿠키를 만드는 일은 부족한 일이라고 말한다.

쿠키를 만든다고 해서 쿠키를 위한 시를 쓸 수 있는 것도 아니라고 한다.

(시로 쿠키를 만든다)

시로 만든 쿠키는 레몬 빛이고 레몬 큐브의 맛이다
시와 쿠키는 방석으로 나오고
시의 쿠키는 콩의 물질로 옅어진다

시로 만든 쿠키는 시가 되었고

다층의 겹으로
묵직한 쿠키의 시가 생겨났다

시로 된 쿠키의 명성은 점점 환해져 갔다 논문에 기
재될 만큼의 이력을 갖추게 되었다 변화되는 면모는 이
분적으로 바뀌었다 수채화의 풍습을 따라 시로 된 쿠키
의 위엄은 세계를 떠들썩하게 했다 시간이 지남에 따라
시로 된 쿠키는 이사를 감행할 정도가 되었다

누구나 찾는 시로 된 쿠키가 되었다

편의점에서는 줄이 늘어지게 되었고
사람들의 손과 발이 바쁘게 되었다

2038년으로 가고 싶다는 발언하는 시로 만든 쿠키

쿠키의 독자들은 여전히 상점을 드나들었다
바스락거리는 껍질의 소리마저
쿠키의 품격을 만들었다

펭귄과의 사랑

사랑에 빠졌다
이 펭귄은 귀가 길고 마음이 길고 눈썹이 길다

세상의 모든 것 중에
긴 것의 가장
기다란 사람이다

펭귄을 사랑하게 된 것이 언제부터인지
기억은 나지 않는다

나는 펭귄을 사랑하고
펭귄의 걸음을 사랑하고
펭귄의 신발을 사랑한다

펭귄도 나를 사랑할까 안 할까

펭귄이 입은
패션의 끝은 신발이다

펭귄의 신발은 둥글고 신발 끈이 동그랗고
신발주머니도 둥글다

주인을 닮은 신발과 끈과
길고 긴 따뜻한 주머니,

하나의 나뭇가지가
다른 하나의 나뭇가지에 도움닫기를 하는
계절이 뒤덮인다

펭귄도 나를 사랑할까

항상 내가 좋아하는 것은 나와 거리가 아주 멀다
그러나 이번에는 다를 수도 있다

이것은 신발의 불가항력의 법칙이다
이것을 신발이 걷는 불가항력의 법칙이라 부른다

이젠 펭귄이 나를 사랑하는지 생각하지 않는다

이 펭귄과의 사랑을
함부로 발설하지 않기로 한다

접 . 점

꿈을 꾸지 않기 위해 일곱 시가 되면 커피 알을 밥솥에 넣어 불린다 보온 버튼이 살아 있는 동안 시간은 무릎을 꿇는다 커피 알과 먹는 밥은 내 오랜 관습이다 자초지종을 이야기하자면 내 몸이 눈의 측근으로 간 것은 모두 바람의 말장난이다 발단은 장난스러운 뿌연 입김이다 그때 골목에서 시가 뚝뚝, 시곗바늘 연기를 하고 있었다 자동차의 공간은 갑자기 정전되었다 시가 번개처럼 내 온몸을 관통했다 자동차는 쓰레기처럼 산산조각이 났다 나는 찌그러진 자동차를 차곡차곡 합해 모퉁이의 도로에 투명하게 넣었다 휴, 이런 별꼴을 소란스럽지 않게 정리하는 시간은 지나간 인도의 지경을 바람의 어깨에 쏘아붙이는 일 휴, 나를 견인하러 온 티라노사우루스는 신호등과 긴 도로를 싣고 정비소로 행진을 했다 휴, 잠시 나에게서 튕겨 나간 내 뇌는 하얀 눈밭 위에서 모자와 입김을 고르게 거두고 있었다 휴, 사람들 머리 위엔 언제나 나무가 꼭 새처럼 날아다녔다 휴. 휠휠 소리와 이후부터 사람의 머리 위엔 하늘이 한 다발씩 있었다 휴 휴 나는 하늘을 휠휠 읊으며, 휴 휴 휴; 휴:

∞

0

무엇인가 들려 있는 것 같습니다
엎드려서 보니 사람이네요
둥근 내 팔이 늘 가까이하고 싶은 물건이죠
엽서에 새긴 몰드는 두 개의 팔
회사에 다니는 친구에게 다가가는 내 팔들

00

쏟아지는 팔의 근육들이 공중에서 울먹였습니다
볼 수 있을 거라는 생각은 미지수로
빛나고 있었습니다
비가 온 후 감나무의 그늘이 핀 뒷마당에
구름의 여름 골격은 길게 뻗어 늘어나고
꽃잔디 씨앗의 정수리를 잡아당기고 있었습니다

000

숫자 다음의 숫자, 숫자 밖의 숫자가 있고
숫자들을 보는 내 팔들이 무거워져 갔습니다

그때의 답장에는 늘 숫자가 먼저 있었습니다
숫자 옆으로 늘어뜨린 숫자들의 곡선의 기울기들
친구는 큰따옴표 대신 9,99의 방향으로 말했습니다

0000
검은 눈동자가 1984를 내두르고
그 뒤 친구는 숫자로 된 명함을 보냈으며
835가 내 두 눈에서 질기게 떨어져 나갔습니다
엽서가 마르지 않게 자라 갔습니다
친구와 태어나던 해의 크기가 달의 감정으로
우리보다 점점 작아지고 있었습니다

바람이 뱉는 호흡

바람은 심심하면 호흡을 툭툭 뱉는다
전두엽을 다친 모양이다
사실 나도 그러할 때가 종종 있다

아니다 많다 그렇다
다.
다는 라의 앞면이다

본론의 말을 항상 흐리게 하는 것도
다, 이 녀석들의 굳은 장난질이다

내가 모르는 바람들을 보고 있다
달리기만 하는 당신도 모르는 바람이다

당신은 내가 하는 말을 모르니
바람의 서체를 알 길이 전무하다

내가 모르는 바람들도 있다

그 모르는 모양의 표현에
다른 구두 한 켤레가 있다

구두의 호흡은 바람을 따라가고, 바람을 닮아 갔다

어쩌면 모름의 시간에 누구나
머무를 수 있기도 하다

모르는 몸체는
당신 운동화 끈에 있기에 난 모르오.

바람이 데리고 온 전두엽의 단어를 모르니,
나는 정말 몰랐다고 한다

바람도 심심하니, 그런대로
아무나 이렇게 붙잡고 노는 것이다

거울 화가

거울 속에서 나를 데리고 나옵니다.

거울 속에 있던 A가 있고,
거울에서 나온 B가 있습니다.

A와 B가 서로 만납니다. A는 말하고, B는 대답합니다.

A와 B의 질문과 대답은 A와 B 이외에는 듣지 못합니다. 문제와 답은 누구나 압니다. A가 자주 가는 장소에 B도 갑니다. A는 구두를 신고, B는 운동화를 신습니다. A는 장미꽃을 좋아하고, B는 튤립을 좋아합니다. A는 그네를 타고, B는 미끄럼틀과 뜁니다. B가 A에게 걸어옵니다. B가 A에게 발을 선보입니다.

그 순간 B와 A는 a, b가 됩니다.

맞잡은 발을 내려놓자 B와 A는 b, a로 바뀝니다. A의 뒷모습에 a가 B의 이마엔 b가 다르게 기록됩니다. 벗어

놓은 구두에 쓰인 ABA 사이즈가 보입니다.

자세히 보니
ABA 사이즈가 아니라 BBAA 사이즈입니다.

점점 사이즈가 줄어듭니다.

처음의 거울로 들어가려면 처음의 A, B의 규격이 맞지 않습니다. 점점 사이즈가 바뀌어 갑니다. AB, BA, AAB, BAA, ABA, BAB, ABBB>AABB, BAA<ABB 변속된 사이즈만 있습니다.

거울에서 혓바닥을
선보이고 있습니다.

변화되는 그 거울엔 누군가의 누군가가 있습니다.

흰 사각형의 우주

하늘에는 12개의 사각형이 있었지. 나는 12개의 사각형을 보았어. 사각형의 12개의 크기는 모두 다 같았지. 작고 희고 하얀 12개의 사각형이었어. 신호등이 멈추고 자동차는 초록 불빛 사이로 사라져 버렸어. 나는 도로에 혼자 남아 그 12개의 흰 사각형을 만났어. 항성 빛처럼 번쩍번쩍. 한 손으로 사각형의 내부를 만져 보니 또 12개의 사각형이 나왔어. 땅으로 내려오는 12개의 이 사각형. 굴러다니는 사각형. 우주선을 타고 온 사각형. 나를 찾아온 사각형. 멋있었어. 신비한 일이었어. 나를 무서워 않고. 나를 싫어하지 않고. 나를 미워하지도 않고. 네 개의 발로 찾아온 담대한 사각형이었어. 내부인의 사각형에는 내가 있었어. 너도 있었어. 미래의 우리가 있었어. 아무것도 입지 않아도 눈이 부신 사람들이 있었어. 우리는 사각형을 오르락내리락했어. 12개의 사각형에 담긴 우주의 생각을 한 움큼 손바닥에 담았어. 손바닥에 담긴 우주의 생각은 정말 아름다웠어. 또 한 손으로는 사각형의 바깥에 펼쳐진 지구의 큰 내부가 있었어. 맨틀과 핵이 투명하게 있었어. 천지창조의 모습 같았어.

영혼들의 내부도 있었어. 내부와 내부가 만나면 영혼이 된다는 내면이 보이는 눈물의 법칙. 나는 그 법칙을 사랑했어. 12개의 사각형에 담긴 하늘의 눈물의 법칙을. 우리가 그렇게 사랑하는 사이. 하얀 그 12개의 사각형은 떠나지 않고 변하지 않고. 늘 우리 곁에. 있었어. 12개의 희고 흰 사각형의 둘레는 점점 커져만 갔어. 전부 12개의 흰 정사각형이 될 때까지. 다 하얘지게 있었어. 나는 그 눈물의 법칙을 알고, 보고, 사랑하고,

막심 므라비차

도서관의 책들이 지진을 일으키는 오후예요. 신의 거
함의 궁금증을 묻는 의견에 나는 자판기 속의 혀처럼
날름거렸어요. 내 입술과 혀는 코코아 동전이 떨어지듯,
자판기 속에서 미끄러졌어요.

유월절이 다가오던 밤의 문장은 신발에 찍혀 나갔고
요. 코코아를 입술에 스케치했어요. 스물여덟 개의 흰
돌들이 주기도문의 문체를 매만지고 찬송가의 음은 삭
제되어 지갑을 채워요.

피아노 학원에서 배운 코드 법은 여전히 녹슬지 않아
요. 피아노 의자에서 잔디밭이 촘촘하게 자라는 건반들
을 먹어요. 구워진 건반들은 활활 타다가 원형 계단의
나비 떼를 몰고 온 날도 있어요.

아버지가 만들어 준 꽹과리채는 악보의 음표를 하나
씩 쓰러뜨려요. 동그라미 치다 만 복숭아 반쪽이 까맣
게 색칠되는 밤에, 번개가 마을에 음표를 그었고요.

불교 신도인 아버지도 신을 믿으면 뭐가 좋은지 궁금해하셨던 것 같아요. 고등학교 어버이날에 학교에 오셔서 꽹과리는 태양에서 온 거라고 하셨어요. 북에 있는 아이들에게 자진모리장단과 휘모리장단을 가르쳐 주는 날이 오길, 늘 어릴 때부터 생각했습니다.

아버지는 장구에서 불상을 꺼냈어요. 부처님은 흥이 나서 상모를 돌렸고요. 아버지는 송아지들과 상모를 돌렸어요. 오늘도 내일도 상모를 돌려요. 돌려요. 자면서도 상모를 돌려요. 악기들은 아버지와 아주 친해요. 아마 예전부터 그랬나 봐요.

내 피아노의 도돌이표는 끝마디에서 정지 버튼을 누르지 않네요. 나는 세상에서 거둔 악보를 연주해요. 아침이면 두 어깨가 완연히 갈라져 있었어요. 새 날개가 약한 뼈마디를 뚫고 나온다고 생각했어요. 그렇게 갈라진 어깨의 피아노 소리를 들은 인격이 아주 높은 분은 듣기 좋은 연주라고 했어요.

발이 시린 겨울엔, 동생에게 캐논 변주곡을 알려 주었어요. 긴 막대기 같은 손가락이 피아노를 탕탕 쳤고요. 같이 간 연주회가 시작하기 전에, 마음이 쿵쾅쿵쾅했답니다. 선생님은 피아노 뚜껑을 열면서 나왔어요.

키 큰 요정이 피아노와 함께 이 땅에 왔다고 일기에 기록했어요. 선생님은 에메랄드 눈빛을 갖고 계셨어요. 피아노를 사랑해서 그런 것 같았어요. 기네스북에 등재되는 연주를 들려주셨고요. 선생님의 목소리를 듣고 러시아의 배우가 낭송하는 줄 알았답니다. 집에 오는 내내 찻길에 피아노가 타다닥 하며 아른거렸답니다.

새벽의 동공이 갈무리를 마치고 나면, 옷걸이에 걸어 둔 현재의 사람을 입었어요. 뜨거워진 내 뼈는 한결 더 나아져요. 나는 자판기에 미끄러진 내 혀를 가져올 시간을 차분히 기다렸다가, 오늘은 도서관 자판기 속의 내혀가 신이 없다고 말하고 내일은 신이 있다고 말해요

모자를 따는 여인

여인은 모과를 땄다

모과에서
모자가 나왔다

월요일의 모자가
모과와 비슷하다고 여인은 말했다

나는 월요일은 안 보이고
모과도 싫고
또 모자도 싫다고
말했다

여인은 거짓말을 모자에 넣었다

점점 모자가 커졌다고 했다 여인은 내게 거짓말이 아
니라고 했다 눈꺼풀을 살짝 가리면 모자가 보이는 것도
같았지만 눈을 열면 모과가 보였다

나는 모자와 모과 사이에서 망설였다

여인은 모과와 모자는
비슷한 거라고 말했다

나는 모과와 모자는 비슷하지 않은 것이라고 덧붙였
다 그래서 나에게는 안 보이는 월요일을 기다렸다 나는
일요일이 사라지기만을 기다렸다

일요일의
다음 날이 되자
나에게는
또 일요일이었다

여인은 월요일에 또 모과를 따러 가서
모자가 나왔다고 말했다

나는 안 보이는 월요일을 일요일이라고 말했다

여인은 거짓말을 하는
내 혓바닥을 모자에 담겠다고 말했다
나는 혀가 닳아진 지
오래되어서
혀를 내어 주지 않는다고
대신 시멘트가 뽑아 놓은
모과나무를 주었다

다음 날 여인은 모과나무를 심었다 모과나무에서 모
자가 열렸다고 내게 사진을 보내 주었다

여전히 나에게는 모과나무에 달린 모과가 보였고
모자는 보이지 않았다

나는 안 보이는 월요일을
보이는 일요일의

두 번째 날로
생각하며 보냈다

여인은 보이는 월요일에 모과를 따러 갔다가
모자를 가져왔다고 말하고

기원전과 기원후의 비

튤립이 떨어지는 장소에서 비현실적인
빗소리가 들려, 나는 당신에게 물었어

이 빗소리는 저 꽃잎에서 오는 것일까
나에게서 오는 것일까

당신은 말했지 튤립과 너는 둘 다 비현실적이다,

내가 말하려는 질문에는 항상 기원후의
대답이 들려왔지

당신, 대체 나를 사랑하고 있기는 하니
나는 당신이 내게 했던 말을
가방에 담아 당신에게 택배를 보냈어

하루가 가고 일 년이 가고 십 년의 택배의 시간들도
지났어 당신은 소나기 내리는 날, 비의 태도로 내가 보
낸 택배 가방을 들고 꽃잎을 받들고 있었지

무거운 우산이 나를 받쳐 주고 당신은 나에게
그때의 완전한 대답을 준비했다고
빗방울을 내밀었어

나와 우산과 빗방울과 당신,

내겐 죽어 버린 빗방울은 더 이상
무의미한 꽃잎이었어

나는 빗방울을 입으로 불었지 입술로 깨뜨린 빗방울
은 당신 손바닥에서 녹아 버린 빗방울은 촛불들이 되
어 버렸지 뜨겁게 당신의 손바닥에서 흘러내리고 있었
어 내 입술이 멈칫거리는 그 순간 당신은 천제의 빗방울
이 되어 버렸어

나는 처음부터 질문을 잘못했던 건지도 모른다고
나에게 물었지

비현실적인 내가 당신을 만난 기원전의 물음들을 주고받는다면 우리는 또 얼마나 긴 빗방울들을 통과해야만 하는 걸까, 상냥한 새 물음을 되새기면서

임사 체험

  아주 깜깜한 시간이었어 세상의 깊은 색, 본 적 있는
색을 필라멘트에 뿌려 놓았는지도 모르는 일이야 그래
세상일은 그렇게 빠르게 지나가지 뒤로 가기 더 더더 뒤
로 아이였을 때 웃고 있는 모습 외계 그리고 우주 이때
야 눈을 살짝 감고 뜨는 그 무초점의 장면이 바뀐다 엎
드려 더 엎드려 몸이 들렸어 아주 무게가 얇은 영혼이
된 상태 다른 곳에 와 있었어 언덕 너머 나무를 등에 지
고 가는 사람 등마저 환한 사람 태초의 사람 나는 그 옆
에 있었어 핏물이 뚝뚝 길을 밟으며 지나가고 있었어 얼
굴에는 온통 빛빛 빛빛 흰빛뿐이었지 보았어 보는 해보
다 몇억 광년을 앞서간 빛이었어 눈을 감았어 그 광경을
보고 있는 빛나는 한 사람과 눈부신 사람들이 있었어
날 위해 널 위해 죽어 가고 있었어 새롭게 다시 탄생하
고 있었어 눈물을 몸에서 덜어냈어 깨어났어 다른 차원
이었어 언어는 무음이었지만 생생하게 느낄 수 있는 차
원 언어로 다 표현하기 쉽지 않은 사랑의 차원 규모가
광범위한 그 사랑의 차원으로 연결되는 차원 영혼이 몸
안으로 들어오는 순간 깜깜한 물감들이 필라멘트 칩蟄

으로 들어간 거야 하얀 하루가 앞에 있었어 바람이 무
릎을 안고 반가워했어 은행나무가 손을 잡았어 눈을 떴
어 하루를 무초점의 초를 순간을 영원을 매일은 사랑이
었어 앞으로 깜깜하지 않을 기나긴 터널들이었어 오직
빛빛빛 빛의 왕국들 빛의 세계에 둘러싸였던 빛색의 무
한적인 수였어 무아였어 무아경이었어 순수의 시간 놀
라운 행성의 객체였어 다시는 오지 않을 신의 계획을 이
루는 시간 포근한 영하의 날씨가 준 시간 겨울이 건물에
서 멈추던 시간 초현실이 눈앞에서 순식간에 나와 세계
를 극복하는 시간 눈동자에서 이슬이 뜨겁게 얼고 있었
어 절대적인 지복이었어 빛의 당신 사랑의 신 실재였어
실존이었어 빛만 있었어 광명이었어 생생한 의식 빛과
의 교감 사랑의 교감 내 머리 위에 더 위에 나는 머리를
숙였어 머리가 동굴로 아래로 깊숙이 아래로 빛이 나에
게 짧게 도달한 시간 밝음으로 밝았어 모든 게 낯설지
않게 반짝거리던 길과 언덕 자기보다 더 큰 나무 십자가
는 경이로움 그 자체였어 훗날 내가 써야 할 사랑이었어
공유해야 할 사랑이라고 느꼈어 그랬어 그것이었어

얼려 두기, 일시 정지

김진석(문학평론가)

사랑을 냉장고에 넣어 두기로 한다. 어떤 것도 짓무른 표정으로 놔두지 않겠다는 결심에서다. 냉장고 속에서 사랑과 사물과 시는 시들기를 그만두었다. 밀폐용기 바깥을 꿈꾸는 색상들은 빛나는데, 내 손에 스치는 건 눈도 내리지 않는 회색뿐이다. 냉장고는 내가 살고 싶은 세계, 하지만 내가 들어갈 수 없는 세계, 그리해서 나를 제외하고는 모든 게 들어갈 수 있을 것만 같은 세계. 돌려놔도 자석은 언제나 기우뚱을 되찾고, 나는 냉장고 문을 닫는 순간 다시 사랑의 안부가 궁금해진다.

*

박래빗의 첫 번째 시집 『펭귄과의 사랑』에서 맨 처음 느껴지는 감각은 '지금 여기'에서 한때는 '여기'였으나 이제는 '저기'라고 말할 수밖에 없는 지점에 대한 응시, 그리고 조붓하게 어깨를 마주 대었으나 이제는 손을 뻗어도 잘 닿지 않는 사람과 사물을 돌아보거나 내다보는 시선이다. 그러니까 시인의 시는 더는 1인칭의 시점으로 바라볼 수 없는 사건들, 이를테면 내가 연루될 수 없는 '나'의 이야기 혹은 분명 내가 저지른 일이나 누가 시켜서 한 것만 같은 기분에 관한 해명과 관계되어 있다. '나'로부터 걸어 나갔으나 이제 '나'와는 유리된 경험과 생각은, 제 속을 투명하게 비추나 내용물의 부패와 변형을 철저히 방지하는 유리용기에 담겨 시집 속에 가지런히 진열되어 있다. '지금 이 순간'에서 비껴 나간, 특정한 시간적 좌표에 붙들린 장면들이 시듦을 잊고 "무지개의 빛깔"(「초록의 감각」)을 형형해내는 모습은, 상온보다 오히려 냉장고에서 싱싱해지는 식재료의 모습과 닮아 있다. 발화하는 언어의 뜨거움이라기보다 뜨거움의 절정에서 비껴 나간 언어를 포착하고, 정지시켜, 정제해서 정렬해 놓은 시인의 시집은 나름의 사건 이후 다른 사건을 맞이하기 전의 식재료들이 휴지休止의 상태에 머문 냉장고와 같다.

*

냉장고를 열어 보려는데 문에 붙은 포스트잇에 적힌 메모가 눈에 띈다. '시인의 말'이다.

나는 3인칭 관점에서

내 시를 볼 수 있을 거라 믿었다

내가 본 세계를 모두가 볼 수 있을 거라고 여겼다

이런 생각이 이런 시가 나를 이곳까지 이끌고 왔다

"3인칭 관점"에서 내가 쓴 시를 바라보는 일은 과연 가능할까. '나'의 사랑과 치욕과 오욕과 질투를 '나'가 오래 매만져 반질반질해진 단어를 거쳐 축조해낸 결과물을, 과연 타인의 추문처럼 차갑게 응시할 수 있는 것일까. 내게서 떨어져 나온 말들로 내게 가장 무해한 담요를 짜서 스스로의 등을 덮혀 주는 일이란, 어쩌면 불가능한 것이 아닐까.

하이데거식으로 말하자면 존재의 계시, 즉 시적 발화의 순간은 존재자, 다시 말해 사물을 통해서만 드러날 수 있다. 그리고 시인은 이러한 순간을 목도하고 자신이 지닌 한정된 언어로 이를 풀어내는 매개자에 지나지 않는다. 그러니까 그에게 있어서 시인의 시작詩作이란 한 세계의 근간에서부터 지붕까지를 축조해내는 창조적이고 능동적인 활동이라기보다는, 오히려 현현의 순간을 붙들고 늘어지며 그 순간을 적확히 설명할 수 있는 언어를 해찰하는 받아쓰기에 가깝다. 따라서 한 명의 시인이 써낸 시에는 그 시인의 전부가 담아지지도 않을뿐더러, 같은 논리로 계시의 총체 역시 나타내지 못한다. 그렇기에 시인에게 있어서 시란 언제나 친숙하고도 낯선 자신의 뒷모습이자, 낮과 밤이 공존하는 마그리트의 그림이며, 많은 게 달라져 버린 장소에서 펼쳐 보는 과거의 지도인 셈이다.

박래빗은 이런 사실쯤이야 이미 알고 있었다는 듯, "이런 생각이 이런 시가 나를 이곳까지 이끌고 왔다"고 말한다. 아니, 이렇게 말하는 걸로는 부족하다. '시로 인해 여기까지 오고 말았다'는 사람의 발언은 자신이 존재의 구음기관에 지나지 않는다는 다소 차가운 운명을 숙지하고 있음을 넘어서, 오랜 시간 그 운명에 시달려 온 사람만이 뱉을 수 있는 발언이다. 다음의 시를 함께 읽어 보자.

음. 모름의 시. 그래. 그 시. 시 같은 것들은 잊고 살아야지, 라며 편지에 시를 넣어서 기차 창가 자리에 붙이고 왔다. (중략) 나는 문을 열고 방으로 들어갔다. 순간 기절할 뻔했다. 내가 갖다 버린 시가, 시집이, 기차 창가 좌석에 있던 시들이 침대 위에서 잠을 자고 있었다. 윗옷을 옷걸이에 걸자 시들은 옷걸이에도 걸려 있었다. 나는 옷을 다 벗고 시들을 바라보고 있었다. 시들은 내가

돌아오기만을 기다리고 있었다. (중략) 저 하늘에 누군
가 삼층계의 유희로 만들어낸 산물만이 아닌, 앎으로
더욱더 다정해지는 세계. 그것은 이 세계의 모든 것이
자. 처음이고 끝인 세계. 나이고 너인 세계. 나의 아래에
서 나오는 시의 광범한 우주의 세계. 시가, 나의 모두가
되는 특별한 시. 내가 천사가 아니었으므로 가능해서
가능한.

― 「미학」 부분

통념적으로 시인은 시를 포착하는 시작의 주체로,
시는 시인이 포획해서 언어로 규격화한 일종의 사유
로 여겨지곤 한다. 그러나 일견 술래잡기의 양상을 띠
는 인용 시에서 시와 시인의 관계는 주지하다시피 시
인이 시로부터 달아나는 듯한 모습을 보인다. 화자는
"시 같은 것들은 잊고 살아야지"라고 말하며 시를 "기
차 창가 자리"에 두고 온다. 그러나 자신이 버리고 왔
다고 생각했던 시는 "침대 위에서"도 "옷걸이"에서도
발견된다. 피할수록 주체를 얽매여 오는 그리스식 비
극처럼, 손금을 찢어도 운명은 바뀌지 않는다는 듯,
시는 자신으로부터 달아났던 존재의 노력과 시간을
무화하면서 존재의 원적지에 들어앉아 다시 굴레 속
으로 들어오기를 요구한다.

어쩌면, 끝끝내 거부할 수도 있었을 것이다. 주어진 운명을 짊어지길 거부했던 무수한 이들이 써 내려갔던 이야기에서처럼, 시인 역시 마지막까지 길항해서 자신을 끈질기게 추적하던 시로부터 달아나, 시 따윈 삶 속에 틈입해 본 적 없었다는 듯, 무구한 표정을 지어 볼 수도 있었을 것이다. 그러나 모든 도망은 위험을 전제하지만, 어떤 위험은 강렬한 매혹을 내재하곤 한다. 사랑으로부터 달아나는 이가 가장 두려워하는 것이 끝내 자신이 벗어났던 그 사랑에 다시 몸을 기대고 마리라는 불안이듯이, 시인은 자신이 내뱉었으나 자신에게서 가장 멀리 떨어져 있는 것 같은 "모름의 시"에게, 미증유의 미혹에게 붙잡힌 손목을 끝내 뿌리치지 못하는 존재이다. 그 미혹은 이지理智의 동심원을 넓혀 감으로써 미지에 대항하는 "앎으로 더욱더 다정해지는 세계"이자, 삶의 일부일 뿐이지만 어쩐지 전부인 것만 같은 "처음이고 끝인 세계"이며, 그 세계를 알기 이전의 '나'로 결코 되돌릴 수 없는, "시가, 나의 모두가 되는" 세계인 것이다(「미학」).

그렇게 시인은 지난한 술래잡기 앞에서 백기를 흔든다. "어느새 나는 없고 당신만 있"는 세계를 기꺼이 살아가면서, "나는 없고 나 없는 당신의 세계를 말하"기를 결심한 채로, 손목을 붙잡았던 손을 본인의 손

으로 더욱더 세게 잡으면서, 그러니까 시는 "버리는
게 아니라 그냥 있는 거"라고 중얼거리면서(「꽃, 숨」).

*

앞서 박래빗의 시를 '절정에서 비껴 나간 순간의 보
존'이라고 언급했었다. 다음 시를 살펴보자.

> 바다의 모래알을 주머니에 넣어 집으로 돌아온 적이
> 있다
>
> 주머니 안의 모래는 빨강 신호등을 비추고 멈추었다
> 멈춘다는 것은 뒤를 돌아보는 것이 아니라
> 앞으로 가야 할 방향을 정하는 일
>
> 사실 모래의 기원은 어제로부터 시작된다 모래는 모
> 레를 먹고 키가 커진다 모래를 삼키며 자란 모레를 통
> 해 흘러나온 신호등 불빛을 따라 모래의 발자국이 나
> 온다
>
> ─「빨강 모래알」 부분

시인은 "모래알"이라는 시적 제재를 발견했을 때의

강렬함을 시로 옮겨 적지 않는다. 대신 시인의 시는 모래알이 모래알로서 자연스레 존재할 수 있는 장소의 바깥에 도달했을 때의 이형적인 순간, 기존에 대상이 내재하던 의미가 사그라들고 새로운 의미가 태동할 때의 틈새에 연루되어 있다. 바코드를 붙인 채 냉장고에서 상해 가거나 오히려 더욱 싱싱해지는 식재료처럼, 박래빗이 포착한 제재는 그것이 머물던 시공간적 좌표의 특색을 보존하면서 시인의 언어로 한 번 더 새로운 의미화의 작업을 거친다.

"사실 모래의 기원은 어제로부터 시작된다"(「빨강 모래알」). '어제'의 '저곳'이라는, 시인이 간섭할 수 없는 영역에 존재하던 모래는 해변을 구성하는 다른 모래알들과 구분되지 않는 범박한 대상에 불과했다. 시인과 관계되지 않는 한, 모래는 모래로서 머물던 장소에서 영속할 수 있었을 것이다. 그러나 "A와 B가 서로만"나 "B와 A는 a, b가" 되어 버림으로써 "처음의 A, B의 규격이 맞지 않"아지듯이(「거울 화가」) 시적 발견으로 인해 모래는 이전의 모래와는 전혀 다른 성질의 대상이 되어 버린다. 그러니까 선택되기 전, 다른 어떤 모래알과도 대체될 수 있었던 모래는 시인의 발견—존재의 현현으로 인해 "빨강 신호등을 비추고 멈추"는 존재자—사물로 거듭난 것이다. 이 모래는 다른 모래와는 구분되는 특별한 모래이나, 언급했듯이 엄연히 다른 모래와 같았던 기원이 존재한다. 그러나 '어제' 그리고 '해변'이라는 시공간적 좌표에 붙들려 있던 모래는 단순한 대상에서 시적 계시의 매개가 됨으로써, "모래시계를 커피포트에 삶았더니 저녁 아홉 시가 되"(「모래시계를 삶았다」)어 버리듯, 시간에 구애받지 않은 채 '모래'와 '모레'라는 언어의 유사성을 이용한 말놀이의 과정에서 모래도, 모레도 아닌 전혀 새로운 의미, 즉 주체의 정지를 지시하는 사물의 지휘를 획득해 낸다.

*

흔히 어떤 대상을 보존하기 위해서는 그것의 원형을 최대한 유지하고자 대상의 기능을 정지, 혹은 그에 준하는 상태로 만드는 과정이 필요하다. 그리고 '지금 여기'서 개입할 수 없는 보존된 장면, 멈춰진 상태는 박래빗 시에서 주요하게 등장하는 이미지이다. 시인에게 있어서 멈춤은 "뒤를 돌아보는 것이 아니라/앞으로 가야 할 방향을 정하는 일"이므로(「빨강 모래알」), 시인의 시는 '일시 정지'의 상태에서 현현해서 제 방향을 가늠하며 피어난다.

아주 깜깜한 시간이었어 세상의 깊은 색, 본 적 있는 색을 필라멘트에 뿌려 놓았는지도 모르는 일이야 그래 세상일은 그렇게 빠르게 지나가지 뒤로 가기 더 더더 뒤로 아이였을 때 웃고 있는 모습 외계 그리고 우주 이때야 눈을 살짝 감고 뜨는 그 무초점의 장면이 바뀐다 엎드려 더 엎드려 몸이 들렸어 아주 무게가 얇은 영혼이된 상태 다른 곳에 와 있었어 언덕 너머 나무를 등에 지고 가는 사람 등마저 환한 사람 태초의 사람 나는 그 옆에 있었어 핏물이 뚝뚝 길을 밟으며 지나가고 있었어 얼굴에는 온통 빛빛 빛빛 흰빛뿐이었지 보았어 보는 해보다 몇억 광년을 앞서간 빛이었어 눈을 감았어 그 광경을 보고 있는 빛나는 한 사람과 눈부신 사람들이 있었어 날 위해 널 위해 죽어 가고 있었어 새롭게 다시 탄생하고 있었어 눈물을 몸에서 덜어냈어 깨어났어 다른 차원이었어 언어는 무음이었지만 생생하게 느낄 수 있는 차원 언어로 다 표현하기 쉽지 않은 사랑의 차원 규모가 광범위한 그 사랑의 차원으로 연결되는 차원

—「임사 체험」 부분

앞서 시인의 말에서 "3인칭 관점에서/내 시를 볼 수 있을 거라 믿었"다고 밝혔듯, 시인은 리모컨을 든 사람처럼 '뒤로 감기'와 '앞으로 가기'를 반복하며 시적

현현의 순간에 '일시 정지' 버튼을 누른다. 장소에 구애받지 않으면서 시인의 옆이라면 어디서든 기지개를 켜던 시는, 흔히 양자역학에서 말하는 입자처럼 시간에도 구애받지 않은 채, 지나온 시간은 물론 다가올 시간에서도 발견된다. 그렇기에 시인의 시에서는 다른 시인의 시에서 찾아보기 어려운 선험의 순간—'앞으로 가기'와 연관된 문장들이 종종 등장한다. 이를테면, "지금은 2040년 4월 31일 8초"(「켈트족에게」), "2038년으로 가고 싶다고 발언하는 시로 만든 쿠키"(「시로 만든 쿠키」), "내부인의 사각형에는 내가 있었어. 너도 있었어. 미래의 우리가 있었어."(「흰 사각형의 우주」)라는 구절에서 보이듯이, "유리병에 까맣게 그늘을 솎아내"던 "열네 살의 밤"처럼(「검정 설탕 유령」) 과거의 어느 한 시점을 조명하고 언어로 풀어내는 것을 넘어 시인의 시는 언급했듯이 시를 쓰는 현재의 '나'가 도달하지 못한 영역에서까지 나타난다. 그리고 시작의 주체가 위치한 시공간적 좌표에 구애받지 않는 시 쓰기는 "몇억 광년을 앞서간 빛"이지만 지금, 현재의 우리 눈에 분명히 보이는 "해"처럼, 지나왔거나 지나갈 모든 시간에 존재했고, 존재할 시적 순간들을 과거와 미래의 옆구리를 밀치며 확장된 현재 속에 소환해낸다. 다시 말해 과거와 미래의 시점을 오가며 시를 써 내려가는 작업 속에서 오히려 그 경계는 무의미해지고, "하루를 무초점의 초를 순간을 영원을 매일은" "사랑"으로 수렴되면서(「임사 체험」), 오로지 '지금' 시만이 "화면이 일시 정지"(「뇌」)된 상태로 보존되어 '여기'에 존재하게 되는 것이다.

*

냉장고 속에서 사랑은 그대로다. "나와 거리가 아주 멀"었던, "내가 좋아하는 것"들을 의심치 않기로 한다. 더는 언어가, 시가, 스쳤고 스칠 순간들이 "나를 사랑하는지 생각하지 않는다"(「펭귄과의 사랑」). 박래빗의 시는 익숙하지만 낯선 3인칭의 관점에서, '나'가 보고, 볼 세계가 투명하게 담긴 언어 속에서, 일시 정지 되어 언제까지나, 언제까지도 '지금—여기'에서 자리하고 있다.

펭귄과의 사랑

2023년 2월 9일 1판 1쇄 펴냄

지은이	박래빗
펴낸이	김성규
편집	김안녕 김도현 한도연
디자인	신아영
펴낸곳	걷는사람
주소	서울 마포구 월드컵로16길 51 서교자이빌 304호
전화	02 323 2602
팩스	02 323 2603
등록	2016년 11월 18일 제25100-2016-000083호

ISBN 979-11-92333-62-5 04810
ISBN 979-11-89128-01-2 (세트)